彼女《あいつ》は窓からやってくる。
異世界の終わりは、初恋の続き。
first love
come in
the window.
さちはら一紗
Illust. 北田 藻

Characters

【文月咲耶】
Sakuya Fumiduki

18歳。高校2年生(留年2回)。
元、異世界を滅ぼそうとした魔女。
清楚可憐な少女だが、その本性は……。

【寧々坂芽々】
Meme Nenezaka

17歳。高校2年生。
英国クォーターの帰国子女。
アクティブなクソサブカル女子。

「陽南飛鳥」

Asuka Hinami

18歳。高校2年生(留年2回)。
異世界を救った元勇者。
不器用だが自己肯定感は高い。

「鈴堂瑠璃」

Ruri Rindou

16歳。高校2年生。
飛鳥の元後輩でミステリアスな少女。
かつては飛鳥のことをとても慕っていた。

不意に横で扉が、ガチャリと開く。
計算違い。あまりに早すぎる行水を終えて、
彼女が出てくる。
俺は足を止めざるを得なかった。
タオルを巻いた彼女に、ぶつからないために。
「…………え？」

驚く彼女は、きょとんと事態を
飲み込めていない瞳でこちらを見上げる。
しっとりと濡れた髪は、肌に張り付いている。
驚愕の表情が一瞬にして赤面に転じた。
「？？？？っっ！！？」
?!

「異世界の〝終わり〟」
『帰るぞ。全部、
終わらせて。二人で！』

――どうせ逃げられないのだから。
――どうせ帰れないのだから。
――どうせ、誰も助けてくれないのだから。
それだけの絶望で。
なのに。
遠い遠い向こう側で。
再会の時には
誰だかわからなかったほどに、
背丈も顔つきも目の色も何もかも、
変わってしまった勇者《あなた》は。
真っ暗闇に差す一筋の光のように、
目の前に飛び込んで来て。
あっけなく。わたしが諦めていた願いを、すべて叶えてくれた。

Contents

first love
come in
the window.

ダッシュエックス文庫

彼女《あいつ》は窓からやってくる。

異世界の終わりは、初恋の続き。

さちはら一紗

つまるところ、これは。
最悪な異世界で、最低な再会を果たした俺たちが、最高の青春を手に入れて。
最後に結ばれるまでの話だ。

一章　あいつは窓からやってくる。

first love
come in
the window.

1

窓が好きだ。

部屋の中で、一番に。

築ウン十年の古アパート。狭い六畳《じょう》一間はついこの間手に入れた俺の一国一城で、開け放った窓からは五月の心地よい夜風が吹き込み、ほのかな月明かりが差し込んでいる。

そんな静かな部屋の窓辺で、卓袱台《ちゃぶだい》に教科書を広げ、誰にも邪魔されず勉強をする。それは俺にとって悪くない時間だ。

たとえ、深夜三時、二年遅れで進級した高校の課題に追われていたとしても。

けっして、悪くない時間だったのだ。

——窓の向こうに、彼女の気配がするまでは。

ぶわりと風がカーテンを膨《ふく》らませる。開いた窓から風と共に流れ込んだ赤い光の粒子が、目の前で弾けて消えた。

踵《かかと》を鳴らす、着地音。窓の向こうを見る。薄いカーテンは強風で開ききっていた。

今にも崩れそうなボロいベランダに、軽やかに降り立つ少女が一人。

たなびく亜麻《あま》色の長い髪。甘い幼さを残す整った顔立ちに、纏《まと》うのは大人びた真っ黒なワンピース。裾《すそ》からはすらりと長い脚が伸び、華奢《きゃしゃ》な肩に対して胸元は不釣り合いに柔らかな重さを感じさせる。

いっそ作り物めいた風貌《ふうぼう》。よくできた彫刻やマネキンのような美少女が、月明かりの下、錆《さ》び付いたベランダに立っていた。

ただでさえ現実感がない少女には、もうひとつ決定的な違和感がある。こちらを真っ直ぐに見つめる両の瞳――その片方だけが赤い宝石のように輝く、虹彩異色《オッドアイ》だった。

彼女はほのかに色づいた唇を吊り上げて、会釈《えしゃく》のように小首を傾《かし》げて。

「ご機嫌よう、飛鳥《あすか》。いい夜ね」

俺の名を呼ぶ。

綻《ほころ》んだ花も顔を背ける完璧《かんぺき》な笑顔で。透明な鐘のようなしっとりと響く声で。

「いい夜だから、あなたの顔を見たくなって。……会いに来ちゃった」

その言葉を聞いて、途端。ノートに突き立てた俺の鉛筆は、ばきりと音を立てて折れた。

折れた、というか折ってしまった鉛筆をゴミ箱に投げ捨て俺は訊く。旧知の仲である彼女に。

「何しに来た、魔女」

「決まってるでしょう」

彼女は答える。前髪の隙間《すきま》から、赤い瞳を妖しげに煌《きら》めかせ。

「あなたに喧嘩《けんか》を売りに来たわ、勇者！」

俺を、忌々《いまいま》しい〝かつての肩書き〟で呼んだ。

「帰れ」


——異世界召喚という概念《モノ》がある。

ある日突然、ここと異なる世界に喚《よ》び出され、『世界を救ってくれ』と頼まれる。

その世界は悪の魔王に脅《おびや》かされて人類は滅びに瀕《ひん》している、というのがお約束で。頼み事ついでに特別《チート》な能力が授けられる、というのがセオリーだ。物語なんかでは。

俺、陽南《ひなみ》飛鳥は普通の高校生だ。少なくとも今は。そして——個人的にはすごく、黒歴史なのだが——かつて異世界に召喚された元【勇者】でもある。

目の前にいる、俺の部屋の侵略者たる彼女の名は文月咲耶《ふみづきさくや》。向かい隣のマンションに住む同級生であり、かつては異世界で敵対していた魔王の幹部、【魔女】でもある。

二年前、俺は異世界の人類に喚び出され『魔王を倒してくれ』と頼まれた。

文月咲耶は一方で、その魔王に喚び出され『勇者を倒してくれ』と頼まれた。

俺たちはそれぞれ勇者として／魔女として異世界召喚され、二年間、敵として戦っていたのだ。魔王城での最終決戦で初めて顔を合わせるまで、そうと知らずに。

互いの正体に気付いた時は酷《ひど》かった。

『おまえ、こんなところで何してんだよ!!』

『それはこっちの台詞《せりふ》なんですけど!?』

みたいな、気まずいやりとりがあったりなかったりした。

なにせ俺たちは異世界に召喚される前から同級生だったわけで。

イヤだろ、顔見知りがノリノリで「魔女」なんて名乗ってるのを見るのも、「勇者」なんざ小《こ》っ恥《ぱ》ずかしい肩書き背負ってるのを知られるのも。末代までの恥《はじ》だ。

ともかく。異世界で再会した俺たちは、なんやかんやとあった末、戦いを終わらせて共にこ現代世界に帰ってきた、というのがざっくりとした〝これまでのあらすじ〟なのだが――。


現在。深夜三時のベランダ。

喧嘩を押し売りにやって来た彼女から俺は目を逸《そ》らし……。

窓を閉める。鍵《かぎ》をかける。慌てる文月咲耶に背を向け、ドンドンと窓を叩く音は無視。そろそろいい時間だ。布団を敷く。

「…………よし。寝るかぁ！」

即。背後、ガラリと鍵を掛けたはずの窓が開いた。

「よし、じゃないのだわ！」

指の隙間からきらりと光るは赤い左眼。異世界で彼女が得た異能《チート》、【魔眼】の力で窓を開錠《あけ》て勝手に敷居を跨《また》ぐ。ご丁寧《ていねい》に脱いだヒールを揃えて、だ。……中途半端に育ちがいいな、こいつ。

俺は溜息を吐いた。

「おまえ、なんでつっかかってくるんだよ」

敵だったとはいえ、俺たちに揉《も》める理由はないはずだ。お互い召喚されただけの雇われ勇者と雇われ魔女。頼まれたから戦《や》ってただけで、別に異世界に思い入れがあるわけでもない。

それに、戦いはもう終わったじゃないか。

彼女は形の良い眉《まゆ》を忌々しげに歪めた。

「最終決戦《あのとき》のわたしへの仕打ち。忘れたとは言わせないわよ」

ああ、アレか。呆《あき》れて首を掻《か》く。

「まだ根に持ってたのかよ……」

あれは最終決戦で、互いの正体に気付いた後のことだ。

お互い雇われ同士で顔見知りと理解《わか》れば、戦いを止め武器を収めても良さそうなところだが。

俺は二年、ちょっと真面目《まじめ》に勇者をやり過ぎた。

——戦《や》らなきゃ殺《や》られる。それが本能に刻みついてしまった。だから。

『うそ、そんなことって……！』と。勇者の正体が俺だと知って動揺《どうよう》した隙に全力で、あいつをボコボコに負かしたのだった。

その仕打ちを思い出してだろう、咲耶は怒りに小さな拳を震わせる。

「卑怯《ひきょう》だわ！　卑劣《ひれつ》だわ！　それが正義の勇者のすることなの⁉」

「つい」

「つい、ですって……⁉」

許せ。隙を衝《つ》くのは職業病だ。

まあ、おかげで世界は救われ戦いは終わり勇者も魔女もお役御免、結果的に二人とも現世《こっち》に帰ってこれたんだからいいだろ！　……と俺は思っているのだが。

彼女はそう思ってないらしい。育ちのよろしい彼女の、プライドの高さ故か。

「……あれは無効試合よ。わたしが、あなたに負けたなんて認めないんだから！」

意気軒昂《いきけんこう》。瞳を輝かせ、細い指を突きつける。

「再戦を申し込むわ。さあ、【聖剣】を抜きなさい！」

即答。

「断る」

何が悲しくて現世に帰ってきた今、異世界《あちら》のことなんかで戦わなくちゃいけないのか。

俺は異世界のことを思い出し、苦々《にがにが》しい気分になる。

俺たちのいた異世界は、言ってみればブラックだったのだ。勇者家業は二十四時間ひっきりなし、給料もなければろくな休みもない。剣なんて重いし戦闘だって疲れるだけだ。チート能力で無双だって四日で飽きる。戦《や》るか殺《や》られるかだけの日々を繰り返し、睡眠の質は悪化の一途。クソブラック異世界め。なんか、楽しいこと、なんもなかった。

ようやく戦いを終わらせて、帰って来られたのに。

今更、剣と魔法のバトル？　こりごりだ。冗談じゃない！

魔女《あいつ》の職場だって、ブラックさは似たようなもんだったろう。なのに何故まだ、戦闘なんてものを好き好んでしたがるんだか……。

閃《ひらめ》く。

「おまえ、まさか――異世界ボケか？」

「……はぁ？　何よそれ」

だって。それ以外になんだというんだ。

喧嘩を売る以前に、深夜三時に人ん家《ち》に窓から入ってくるなんて非常識だ。普通じゃない。異世界ボケで現世の常識を忘れているとしか思えない。

俺の望みは平穏平凡な日常。折角《せっかく》苦労して現世に戻ってきたのだ、健康的で文化的な普通の生活を送りたい。午前三時に異世界ボケした魔女に付き合う生活は真《ま》っ平《ぴら》だ。

「どうしても勝負したいなら、現世《こっち》らしく平和的な手段を考えてみろ。まあ、おまえの異世界ボケした脳味噌じゃ無理だろうけどなァ！」

「はぁ〜〜??」

彼女は素《す》っ頓狂《とんきょう》な声を上げ、一瞬の沈黙の後。すんっと真顔になる。大きな瞳を三白眼《さんぱくがん》に変え、こちらをじろりと上から下まで一瞥《いちべつ》する。なんだよ。

「だ・れ・が異世界ボケですって？」

彼女は似合わぬ低い声で、言う。

「あんたこそTシャツに『わかめ』って書いてるくせに……私服のセンス最悪なのね。異世界に置いてきたの？　鎧《よろい》の方が百倍マシよ」

シンプルに、悪口だった。

ピシリと固まる。なるほどそうきたか。安い挑発で喧嘩を買わせるつもりだろう。はっ、俺がそんな手に乗るわけ――。

「ま、センスがまともだとしても。その目付きの悪さじゃ何着ても職質《しょくしつ》だわ。腕とか包帯ぐるぐる巻きだし。怪しさ満点ね」

……イラッ。

「どうせ陰で『くっ、右腕が疼《うず》く……！』とかやってんでしょ、中二病」

「やってねえが!?」

見た目の揶揄《やゆ》までは我慢しよう。俺の目付きが悪いのも、右腕の包帯が怪しいのもただの客観的事実。だが中傷は別だ。

中二病などと、嬉々として魔女を自称するオッドアイの女にだけは言われたくねえ！

「あら。文句あるなら力でわからせてみたらどーお？」

にまりと咲耶はほの赤い唇を吊り上げ、腕を組む。春にしては薄手のワンピースは、有り体《てい》に言えば露出度が高い。組んだ細い腕の上に収まりきらない色白の胸元は、目に毒だった。

……いや、『服のセンス異世界』（悪口）はブーメランだろ。おまえこそなんだその格好。今日びそんな肌の出た服、漫画のヴィランしか着ねえよ。美人だからって許されると思うなよ。

だが指摘するのもなんか恥だ。黙って上体から目を逸らし、視線を斜め下にやる。

（……ん？）

そして気付く。黒いワンピースの裾《すそ》でひらひらと揺れる、白い長方形の何かに。

「おまえ、服にタグ付いてんぞ」

咲耶は。ぱちりと、瞬きをして。

「っ……！」

ばっと裾を押さえる。ひらり、逃げるように新品のタグが揺れた。

自然と目線が生温《なまぬる》くなる。指摘しない方がいい恥だったか。

「これは、そのっ」

さっきまでいきがってた手前、羞恥《しゅうち》もひとしおなのだろう。咲耶はぱくぱくと唇を動かす。

顔こそ赤くなっていないがそれは化粧《けしょう》のおかげだろう。つややかな唇はよく見ればほんのりと色づいていた。まったく深夜にご苦労なことだ。

（…………待てよ？）

――何故、彼女は深夜にあからさまに粧《めか》し込んでいるのだろう？　嫌いな相手に会いに行くのに、わざわざ？　新品の服を卸《おろ》してまで？

……はは－んさては。

直感する。今の俺はさぞあくどい顔をしているだろう。

「おまえさぁ」

「な、なによ」

わかってる。これはただの幼稚な挑発だ。彼女と同レベルもいいとこだ。だが、俺は目の前にある隙《すき》を衝かずにはいられない。

煽《あお》る。


「実は俺のこと、結構好きだろ」

ま。そんなわけないのはわかってるけどな。
咲耶は。
口を「は」の字に小さく開けたまま。声も出さず。白い頬《ほお》を、化粧の上からもわかるくらい
――真っ赤に染め上げた。

¥38,000

え。

何その反応。

「…………まじ?」

「なっ！　わけないでしょ――！　『爆《は》ぜろ』！」

我に返ったと同時、瞳に手を翳《かざ》した彼女が叫んだのは異世界語の呪文。小さな爆炎が火花を散らし、俺の額に着弾する。身体《からだ》は漫画の如く吹っ飛び、畳《たたみ》に転倒。痛《で》っ。

咲耶は俺を頭上から、赤い顔で見下ろす。

「いいわ。そっちの要求を呑《の》んであげる。わたしとて魔法であなたのお家の敷金を吹き飛ばさないだけの慈悲《じひ》はあるもの。次からは現世に相応《ふさわ》しく、平和的手段で雪辱《せつじょく》を果たします」

凛《りん》とした眼差《まなざ》しで、赤い顔色を誤魔化《ごまか》して。

「明日《あす》の学校で。返される試験の点数で、勝負しましょう」

らしくない、やけに現実的な台詞《せりふ》を吐いて。

「だから――さっきのことはすべて、忘れるように！」

咲耶は窓から飛び出し、約五歩分離れた、向かい隣三階のマンションまで。ふわりと空を飛んで逃げるように帰っていった。風にたなびくタグと共に。

……いや、飛んでるところ誰かに見られたらどうすんだよ。

開けっ放しの窓。すっかりと彼女の気配がしなくなった後。

俺は焦げた額を押さえながら起き上がる。魔法という広義のデコピンを喰らった額はひりひりとする。おまえは往年のツンデレ暴力ヒロインか。今時流行《はや》らねえぞ。

一人きり、静寂を取り戻した部屋で、俺は平穏の価値を噛《か》み締める。

やはり夜は静かな方がいい。何事もなく、窓から魔女が出入りしない、そういう暮らしが俺はしたい。

そのためにはこんな、魔女の向かい隣の部屋に住むのではなく、どこか彼女の知らないとこにでも引っ越してしまえばいい、とは理解《わか》っているのだが。

あえてそれをしないのは理由《わけ》がある。

「昔はあんなんじゃなかったんだけどな……」

――二年前。俺たちが異世界なんかに飛ばされる前の話だ。

文月咲耶は普通の少女だった。いや、普通というには少々――美人という意味で――目立つ生徒だったが。それでも、常識あるまともなやつだった。

それが今やあのざまだ。敵だからと窓から不法侵入してくる、どこに出しても恥ずかしい高《たか》飛車《びしゃ》中二病魔女。

だが、そうなってしまった原因は『異世界ボケ』なのだ。

同じ異世界召喚者のよしみだ。劇的なビフォーアフターを知ってしまったからには、放っておけない。

あとなんで俺が引っ越さなきゃいけないんだ。先にここに住んでたのはこっちだぞ。おまえが隣人の良識を守れ。

だから——荒療治《あらりょうじ》だ。

彼女が異世界での負けを認められないのならば、もう一度。徹底的に負かしてわからせてやる。剣と魔法とチートなしの現世でも、こちらが上だと。そうすればもう二度と、彼女は俺につっかかってこないだろう。

だから今は。上等だ、売られた喧嘩《けんか》は買ってやる。

そして必ず、俺は平穏な現代生活を取り戻す——！


——だから。

あいつが本当に俺のことを好きかもしれない、なんて邪念は。

今の俺にはまったく必要のないものだ。

彼女の、赤く染まった顔を思い出す。隙だらけの表情が妙に忘れがたい。

息を吐いた。

「……今夜は眠れそうにないな」

2

ある日突然、知らない世界に召喚されて。わたしの前に現れた【魔王】は言った。

『ようこそ異世界へ。この世界を滅ぼすために、我らに力を貸してくれ』

そしてわたしは異世界の【魔女】になった。二年、必死にお勉強して、魔法を覚えて……働いた。眠る暇もなく。

『【勇者】を倒した暁《あかつき》には、汝《なんじ》の願いを叶えてやろう』

——わたしにはどうしても叶えたい、願いがあったから。

なのに。勇者《あいつ》ときたら！

『おまえ……本気で〝世界を滅ぼそう〟なんて、頭沸いてんのか？』

わたしをこてんぱんにして、馬鹿にしたように言ったのだ。

『そっちこそ、本気で〝世界を救おう〟なんて、どうかしてるわ！』

ろくに知らない、何の思い入れもない、ついでにとびきりブラックな世界のために戦うなんて、お人好しも度が過ぎる。しかも報酬《ほうしゅう》なし、ですって？　ありえない！

わたしたちは異世界に召還された、まったく同じ境遇なのに立場も主張もまったく逆。似ているからこそ断絶は決定的。

最後の決戦でわたしたちは同時に、悟った。

――ああ。こいつとは、絶対に分かり合えない。

と。

◆

彼のアパートの真向かいにある、最近引っ越したばかりのマンション。

そこへわたしは文字通り飛び帰り、後ろ手に窓をぴしゃりと閉めて、薄暗くがらんとした一人暮らしには広すぎる部屋で。

へたり込んだ。

(あああ～～！　失敗した、失敗したっ……!!)

――あいつの前で、あんな醜態晒《しゅうたいさら》すなんてっ！

勢い任せ、ワンピースについたタグをむしり取って投げる。タグはごみ箱のふちにぺいっと弾かれた。ノーコントロール。

「…………」

すちゃりと魔法を発動。タグは灰も残さず燃え尽きる。証拠隠滅《いんめつ》。

はあ……。

——こんなことなら、新しい服なんて着ていくんじゃなかった！

座り込んだまま頭を抱えていると、暗い部屋の鏡に映る自分が目に入る。会いに行く前に丁寧《ていねい》に梳《と》かした髪。お化粧《けしよう》は、スクールメイクより気持ち華やかめ。

……別に、こんなのはただの嗜《たしな》みだ。着替えたのは部屋着で会いに行くのははしたないと思ったからで、新品なのはたまたまで。

別に、あいつに見せるためとかじゃないんだから！

（……あれ？）

鏡を見て、改めて気付く。……この服、ちょっと肌が見え過ぎじゃない？　はしたないって思われなかったかしら。

わたしは重たい胸を持ち上げる。自分で言うのもなんだけどスタイルは良いほうだ。だから身体のラインを強調する服じゃないと似合わなくて、露出度の高い服を致し方なく好んでいるのだけど…………異世界《あっち》で着ていたドレスに比べたら、全然そんなことないから大丈夫だな。

——いや。全然、大丈夫じゃなかった。

『おまえさぁ、実は……』なんて、あんなこと言われては、露出度がどうとかそれ以前の問題だ。タグ、そうすべては新品の罠《わな》のせい。——好きな人に会う時に新しい服を着たくなる心理、とかいう現世の常識のせい。

言われたことを思い出して。ぼっと顔が赤くなる。

「いやいやいやいやいや違う違う違うっ！」

鏡に映る自分に言い訳。慌てて顔を扇《あお》ぐ。

わかっている。あいつだって、本気でそう思って言ったわけじゃないこと。

あいつなんて無駄に察しが良くて煽《あお》り性能が高いだけだ。勇者にあるまじき才能だわ。性格最低。カス。わかめがよ。わたしも煽り返してやればよかった。

……わかってるのに。どうして、赤くなってしまうのだろう？

——理由もまた、わかっている。

〝病〟だ。昔のわたしが残した厄介《やっかい》な病気、その名残《なごり》だ。

異世界に召喚される前の話。わたしは昔の彼を、陽南飛鳥のことを悪《あ》しからず思っていた。認めるのも癪《しゃく》だけど、好きだった。病の名前は『初恋』だ。

でも、あくまで好意は過去形。身体がただ、昔の恋を覚えているだけ。

——わたしは今のあいつを、これっぽっちも好きじゃない。

今。わたしの目的は、彼に雪辱を果たすこと。

かつて異世界《むこう》で、あいつはわたしをこっぴどく打ち負かした。

『本気で〝世界を滅ぼそう〟なんて、頭沸いてんのか？』

そう言って——わたしの異世界での二年を〝全否定〟して。

「なによ。わたしが——何を叶えたかったかも、知らないくせに」

許せないことは三つ。

こっぴどく打ち負かしたこと。

わたしの努力を否定したこと。そして、
願いを叶える邪魔をしたことだ。

たとえ、戦いが終わったとしても――このままやられっぱなしなんて、ありえない！

戦意を滾《たぎ》らせ、立ち上がる。鏡の中で、魔女らしくとびきり悪い顔をしたわたしが笑う。

「ふ、ふふ……いつか、跪《ひざまず》かせてみせるわ！」

見てなさい！　最後に笑うのはこのわたしなんだから！

だから――。

『実は俺のこと、結構好きだろ』


「別に……そんなのじゃ、ないんだから」

呟《つぶや》く唇が熱いのは、気のせいだ。

絶対に。

二章　ノッキンアウト・ロックドア。

first love
come in
the window.

1

昔の彼女について、話をしよう。

二年前の「文月咲耶《ふみづきさくや》」を説明するには、思いつく限りの流麗《りゅうれい》な語句を並べれば事足りる。

品行方正、清楚可憐《せいそかれん》、才色兼備《さいしょくけんび》の優等生。気立てがよく人気者で、しかも良家のお嬢様とき
た。——嘘みたいに、完璧《かんぺき》。

要は近寄りがたい高嶺《たかね》の花だった。だから同級生といえど、昔の彼女と俺がまともに話したのは、あの時くらいだ。

二年と少し前の文化祭。実行委員として、あまりに多くの仕事を抱えていた文月を気遣った時だ。彼女は穏やかに微笑《ほほえ》んで、言った。

『気にしないで。好きでやってるの』

『みんなが喜んでくれるなら、甲斐《かい》があるわ』

なんの気負いもなく、口から紡《つむ》がれるのは慈愛《じあい》と献身。

そんな、天使もかくやという子だったのが——、

——今や。


「ふふっ。あんたがそんな顔してくれるなら、いい成績を取った甲斐があったわ！」

昼休み。学校の廊下《ろうか》で、俺は愕然《がくぜん》と壁に手をついていた。

昨日——正確には今朝未明、買った勝負のことだ。試験の結果で競うと言った。

結果は、咲耶は学年十数位——優等生だった過去に違《たが》わぬ、クラスで三番の出来だ。一方の俺は順位どころの話じゃない。返ってきた答案は赤点だらけの見事な惨敗《ざんぱい》、追試確定だった。

ほほほ、と咲耶の、悪役令嬢も顔負けの高笑いが俺の胸を抉《えぐ》る。

「異世界の勇者サマも高校数学の前にはカタナシね。ざまあないわ！」

——悪魔め……いや、魔女め！　これが二年前の『文月』と同一人物は、嘘だろ……！

話し込んでいるのは人通りの少ない廊下の死角。昼休みの喧騒《けんそう》に紛《まぎ》れ、俺たちの話は周囲には聞こえない。まあ、いざ聞かれたとしても彼女の魔法で誤魔化《ごまか》せるのだが。

昼間の咲耶は、夜中とは印象が一変する。左右対称に結んだリボンに膝丈のスカート、制服は几帳面《きちょうめん》な着こなしで、目立つオッドアイはカラコンで隠し、双方涼やかな榛色《はしばみいろ》。

見た目だけは文句なしに清楚な彼女は、くすくすと笑う。

「意外ね。毎日遅くまで勉強してるくせに」

「悪いかよ。全部忘れたんだよ」

二年、ペンじゃなく剣握ってたんだから。というか。

「なんで知ってんだよ」

俺が毎晩何をしているか、なんて。流石《さすが》の魔女も毎日はやって来ない。週三くらい。

咲耶は、当然、という顔で答える。

「そんなの。向かいだから、窓から見えるに決まってるじゃない」

眉間《みけん》を揉《も》む。

「…………ストーカーか？」

「ただの敵情視察ですけど!?」

食い気味の否定。よかったな俺が裸族じゃなくて。裸体を見られてたらいくら相手が異世界同期といえど警察を呼ぶところだった。

不満げな咲耶は、もう一度手元の成績表を見て。

「は〜あ。あんたがこの様じゃ勝っても歯応えなくてつまんない。跪かせる気にならないわ。……次はもっと、いい勝負法を考えないと」

冷めた態度で背を向ける彼女。「どこに行く」と聞くと、さらりと答えた。

「お昼ご飯だけど？　わたし、クラスメイトにお呼ばれしてるから」

その、何気なく発せられた文句に。俺は愕然とする。

なん、だと……。

おまえ、まさか——。


「——いるのか、友達」


咲耶は、虚を衝《つ》かれたかのように、ぱちぱちと目を瞬く。

「なに？　あんた、もしかして……いないの？」

現世に戻り、学校に復帰してから早一ヶ月——。俺の交友関係らしきものは、ゼロだった。

原因はわかっている。主に、異世界から帰ってきた弊害《へいがい》だ。

——異世界に『召喚』されていた二年の間、現世じゃ俺たちは『行方不明《ゆくえ》』だったことになっていた。帰還時の騒ぎ（主に警察沙汰《ざた》と病院沙汰）は魔女の魔法で収めてもらった。ニュースにもならなかったし、認識阻害の魔法のおかげで、周りは俺たちが失踪《しっそう》していたことも——親しかった人間は例外として——滅多《めった》に思い出さない。

しかし、学校での二年の不在。『留年』だけは事実として残ってしまったわけで。齢《よわい》十八にもかかわらず高校二年をやっている俺は、教室で浮いたというわけだ。それはもう盛大に。

「そう……いないの」

彼女は一瞬、憂《うれ》えげに目を伏せ。

にまり、と笑った。

「次は友達の数でも勝負する？」

クソが！

……一応、留年だのなんだのの条件は咲耶も同じはずなんだが。

「おまえ、まさか……同級生に魔法使ってないよな？」

魔法で洗脳をかますとか……。

彼女は目を丸くして。薄い唇に手を当て、くすりと笑う。

「さあ、どうかしら」

前髪が目元に影を落とす、微笑は暗黒。

……こいつ、マジでやってるのか!?

追及の前に、廊下の向こうから彼女を呼ぶ声がした。「文月ちゃん」と、女子生徒が手を振っている。

「……誰だ？」

「クラスメイトの顔も覚えてないの？　もう五月よ」

咲耶は怪訝《けげん》に眉《まゆ》を顰《ひそ》める。例の友達か、実在したのか。イマジナリーフレンドの線は消えたな……。

人目を気にした小声で、咲耶は詰《なじ》る。

「そういえば、昨夜《ゆうべ》、異世界ボケとか失礼なこと言ってくれたっけ」

午前三時は人によっては夜。

「わたしが、学校で浮いてるとでも思った？」

「別に馬鹿にしてたわけじゃない。俺はただ、俺とおまえが同じなんじゃないかと思って……」

「同じ、ね」

彼女の目が、すっと細まる。


「――同じだったら、どれだけよかったか」


ぽつりと、彼女は呟いた。小さく、常人の耳では聞き逃すくらいに。

「……どういう意味だ？」

追及には答えない。彼女は、俯《うつむ》いて。

一拍の間。

顔を上げる。ぱっと、一瞬で。フィルムを切り替えたかのように変わる表情。

「なんでもないわ。陽南君」

かつてのように俺を呼んだ、その柔らかな声と笑みに、固まった。

先までの悪辣《あくらつ》に弧を描いた口元や、こちらを睨《ね》めつけるような眼差《まなざ》しは、影も形もなかった。

真夜中に騒がしく窓から踏み込んでくる魔女なんかとも程遠かった。

深窓《しんそう》に佇《たたず》む花のような、穏やかな微笑みは。

――二年前《かって》の〝文月咲耶〟の、微笑みだと。

記憶が言う。

柔らかに笑いながら小首を傾《かし》げる彼女は。

「多分わたしのことを心配して言ってくれたのよね。ありがとう」

親しみと、けれど触れ難い不可思議な魅力を漂わせながら。

「でも、ご心配には及びません。わたしこれでも結構……やるときはやるんだから、ね？」

何ひとつ当たり障《さわ》りのない台詞《せりふ》を滑らかに吐いてみせる。

表情、声音《こわね》、仕草、そのすべてが二年前とまったく同じで。

視界がぶれる。目の前の魔女に、今とは少し髪型の違う、二年前の彼女の姿を幻視する。

赤い粒子なんて飛び散っていないから、魔法は使われてなんかいない。だというのに。

そこには、完璧に――かつてと同じ〝文月咲耶〟がいた。

「それじゃあ、お先に失礼。……お互い、頑張りましょうね？」

そう言って、彼女は背を向けた。

クラスメイトの元へ向かおうと、軽やかな足取りでこちらをすり抜ける。先へ行く。

「あ、おい。文月！」

つられて昔の呼び方で、後ろ姿を呼び止めた。呼んで何を言おうとしたのかもわからずに。

彼女は、くるりと廊下の先で振り返って。

「（ばーか）」

口だけを動かして、そう、小さく出した舌と共に嘲《あざけ》ってみせる。いつもどおりに。

そのまま良識も常識も標準装備です、という顔をして同級生と去っていく彼女を見送って。

ようやく〝文月〟の幻覚は、搔《か》き消えたのだった。

廊下の端に残された俺は、唖然《あぜん》として立ち尽くす。

「……あいつ。ちゃんとした顔、やればできるのかよ」

まじかよ。あいつ、なんで俺の前でだけああなんだよ。


どうやら咲耶は、学校では二年前と同じく品行方正な『文月』のイメージを保っているようだ。本性は魔女《アレ》なのに。猫被《ねこかぶ》りにも程があるだろ。化かされた気分だ。

俺は彼女とは逆方向に進む。昼飯がまだなのはこちらもだ。

気分を変えよう。屋上へ続く階段を登る。

屋上は好きだ。坂の上に建つ校舎は他に並び建つものが何もなく、空が広い。飯を食うなら景色は良い方がいい。

だが。階段を登った先、屋上の扉には錠《じょう》が掛かっていた。

しまった、鍵《かぎ》がないことを忘れていた。魔女がいれば【魔眼】で開いたのだが……残念ながら俺たちは友人ですらないので手を借りる気はない。

……窓から出て壁を登るか？　やめよう。俺はあいつと違って異世界ボケしていないので、壁を登ってまで屋上に忍び込んだりはしない。

踵《きびす》を返す。薄暗い階段に自分の足音だけが響く。さいわい足音を消すのは癖《くせ》になっていない。

にしても……冴えない学校生活送ってるな、俺。

試験は散々、友人は皆無、部活にも入らず放課後はバイト探しに奔走《ほんそう》するだけ。

わざわざ異世界から帰ってきてまで……本当にこれでいいのか？

いや、現世《ここ》での目的を思い出す。冴えなかろうが、俺の望んだ平穏ではあるはずだ。

そう、思って。階段を一階半分、降りて気付く。

階段の踊り場には登りの時にはいなかった一人の女子生徒が、いた。

オレンジ色の髪をした、背のちっさい女の子だ。そいつは分厚い眼鏡《めがね》をかけていて、髪は両サイドでみかんのように丸くまとめていた。

女子生徒は階段の手摺《てす》りに小さな腰を下ろして、学校から遠く繁華街《はんかがい》にしかない店のどでかいバーガーをあーむ、と頰張《ほおば》る。まだかすかに湯気が立っていた。

——こいつ……学校で出前とってやがる……!!

いくらこの学校が自由な校風とはいえ、自由すぎないか？

ぱちっと目が合う。仮称・みかんは「あっ」と声を上げ、ケチャップのついた小さな口で、にぱ、と笑った。

「はじめまして、飛鳥《あすか》さん。こうしてエンカウントできるのをお待ちしてました」

幼げな声に似合わない丁寧語《ていねいご》。目立つ髪色に好き勝手着崩した制服。ぶかぶかのカーディガンの下、短すぎるスカートからは棒切れのような脚が覗《のぞ》く。

MOGU-MOGU
BURGER

仮称・みかんこと女子生徒の第一印象は華奢《きやしや》、そして『フリーダム』だった。

もちもちとハンバーガーを頬張る少女に、尋ねる。

「なんで俺の名前知ってるんだ？」

少女はもう片手の、鮮やかなメロンソーダで流し込んで。

「そりゃ知ってますよ。飛鳥さん、有名人ですもん。悪い意味で」

俺は首を捻《ひね》る。失踪《しつそう》の話は魔法のおかげで広まってないはずだが……。

「噂《うわさ》になってますよ～。新学期の自己紹介。何言ったか覚えてます？　確か――」

は、と。思い至る。まさか……。

「『特に紹介する自己はない』。でしたっけ？　ウケ」

ぐ……！　あれは自分の番になって、何も言うことがないと気付いた時、咄嗟《とつさ》に出た言葉だったのだが。言った後の凍りついた教室の空気と、後ろの席の咲耶から突き刺さる冷たい眼差し、俺何かやってしまったな？　という嫌な確信を覚えている。

「厨二《ちゆうに》ってゆーか斜に構えすぎて高二病～」みかんは悪気が一切ない声で、にこにこと煽《あお》る。

いやだって、異世界の話題《こと》封じられたらもう何も言うことないだろうが！

新鮮な黒歴史に悶絶《もんぜつ》する俺に、目の前の女子はようやく名乗る。

「ちな、芽々は寧々坂芽々《ねねざかめめ》って言います」

みかんあらため寧々坂芽々は一人称が名前の子らしい。

「クラスはお隣、所属はオカ研、紹介する自己は『一周回ってヴィレバンから逃げ三周回ってアニメイトには通うくせオタクとは呼ばれたくない逆張りクソサブカル女子』ってとこですね。よしなに～」

……………変なやつ、ということだけわかった。

「寧々坂は――、」

「『芽々』でいいですよ。いま同輩《タメ》だし」

……いや、いきなり下の名前では呼ばないだろ。友達でもあるまいし。咲耶は特例だ。

「俺に何か、用か?」

「はい。二年失踪してた先輩が戻ってきたってゆーんで、気になってたんですよ」

待て。何故、寧々坂芽々は失踪のことを認識しているのだろう? 認識阻害の魔法があるはずなのに……。

「なので」

その疑問は、次の言葉で吹き飛ばされた。

「飛鳥さんと、お友達になりにきました!」

…………は?

「お近付きの印に握手、です」

メロンソーダを置いて、芽々はにこり、と小さな右手を差し出した。

俺はポケットに手を突っ込んだまま。

「……いや、今時握手とかしないだろ」

やんわりと断りを入れる。芽々はまんまるい目を見開いた。

「ええ!? こんなにキッチュでかわいい女の子と友達になりたくないんですか!?」

「自分で自分のことかわいいと思ってるのはちょっと」

芽々はすん、と真顔に戻る。

「それはそうですね。別に自分のことかわいいと思ってるわけじゃないですけど」

「思ってないのに自称したのかよ」

「芽々、統計的にかわいいらしいですよ？ 卒アル作るときにアンケートとった」

あらためて、芽々の顔をまじまじと見る。

分厚い眼鏡越しにもかかわらず、ぱっちりとした緑色の瞳。髪は染めているのかと思ったが、睫毛《まつげ》まで透き通るオレンジ色だ。目を凝《こ》らせば白い肌には薄《うつす》らとそばかすが散っているのが見えた。俺は視力がいい。多分、芽々には海向こうの血が流れているのだろう。

言われてみれば確かにその造形は、十人中八人が『かわいい』と答えそうだった。

「だからってかわいさで友達は選ばねえよ」

「でも断る理由もなくないですか？ 友達は多くて困ることないですし」

正論だ。普通ならそうかもしれない。しかし。

「俺は今、友達がいない」

つまりここで友達になれば、芽々が異世界から帰ってきて初めての友達ということになる。

「一人目の友達が胡散臭《うさんくさ》いのはなんか、嫌だ」

初めては大事にしたい。そういう感情があった。

「なるほど、いかにも友達がいないやつっぽい理由で納得です」

「ついでに俺は真面目《まじめ》だから、校則破るやつはちょっと……」

自由な校風でも流石《さすが》に出前は校則違反だ。

「頭固いですね～。友達作りなんて、アカウントフォローしたらもう友達、くらいでいいのに」

「その理屈だと首相官邸とも友達になれるな」

「友達なんて出会い頭《がしら》にモンスターボール投げつけてゲットだぜするくらいでいいのに」

「俺のことモンスターって言ってる？」

失礼なやつだな。

無駄話をするには昼休みは短い。俺もさっさと飯にしようと階段に座り、ブロック状の携行食を取り出す。芽々は手摺りから飛び降りて、ちょこんと俺の隣に座った。

「なーんだ、てっきり友達作りのために学校戻ってきたのかと思ってたんですけど。一号にな り損《そこ》ねました」

「子供かよ」

「だってそれ以外に学校ですることあります？　今日び勉強ならガッコ行かんでもできますし。ほら、昔歌ったじゃないですか、友達百人できっかな～って。そーゆー青春クエストを、達成するために芽々は学校来てます。いぇーい」

ダブルピースでパリピの論理。サブカルとパリピって両立するのか？　まあするか。

芽々の膝に載った紙袋を見る。

「けどおまえこそ、ぼっち飯じゃないか」

「たまには友達の誘いを断って孤独にグルメするのも乙《おつ》なものです」

なるほど、断る誘いがそもそも俺にはない。

「考えたこともなかったな」

今更友達とか。

「留年したら浮くのは当たり前だと思ってた」

「そですか？」

芽々は首を傾《かし》げて、「ウチの学校よく留年出てますし」と知らない話を続ける。「なんかここ二年くらいテスト難難《むずむず》になってるらしいです。芽々的には〜、生徒会の仕業《しわざ》っぽい？」

なんだそれ。二年もあれば学校の試験難度も変わるのか。

……待てその情報、このままだと俺は三留か？　戦慄する。

「ま、つまり。友達いないのは自己紹介しくじったせいですよ。留年のせいにしちゃ、めっ」

ぐうの音《ね》も出ない。

芽々は大きなバーガーを食べ終えて、ケチャップのついた口元を拭《ぬぐ》った。紙袋からポテトをひと摘《つま》み。

「で、本当はなんのためだったんです？」

——なんのために、ここに戻ってきたのか。

「それは……」

言い淀《よど》んでいると、芽々が口にポテトをねじ込んでくる。むぐ。

味は、しなびてぬるかった。

にま～。とこちらを覗き込んで笑う芽々の、きらきらと輝く瞳はうっすらと緑がかっていた。

「『青春』の味ですよ」

差し込む日差しに照らされたメロンソーダ、瞳と同色の輝くそれを、けぷっと飲み干して。

勢いよく立ち上がり、背の低い少女は俺を見下ろす。

「人生、楽しー方がラクですよ、飛鳥さん」

芽々は階段を跳ねる様に降りて、去っていった。

いや、言葉の意味ほとんど一緒だろそれ。


なんだったんだ一体……。

初対面の年下に人生語られるのはどうも釈然としない。年上なの差し引いても、俺は人生経験にはそこそこ自信がある。レアさとかで。

嵐のように過ぎ去った寧々坂芽々を尻目に、ブロックを齧《かじ》る。カロリーを摂取《せっしゅ》するだけの食事は味気ない。詰め込んで立ち上がる。

廊下《ろうか》の窓からは階下の中庭が覗ける。中庭には大きな蓮池《はすいけ》があり、ほとりのベンチにはクラスメイトと談笑しながら食事をする文月咲耶がいる。

一瞬。上を向いた彼女と目が合った、気がした。

『次は友達の数でも勝負する？』

咲耶の挑発を思い出す。

——馬鹿だな。それこそ、くだらない。

考えたって、友達なんざ百人も要るかよ。

だが、売られた喧嘩《けんか》は買う主義だ。飲み込んだ。

昼食を終えた後は、早々に教室に戻る。

昼休みは残っているがなにせ成績が危機的状況である。通りすがりの芽々に再びの留年の可能性を仄《ほの》めかされたからには、残り時間は勉強に費《つい》やさねばならない。

あと、咲耶に負けたのが腹立つ。なんであんなアホみたいな高笑いするくせ成績いいんだよ。

あいつに負けた自分の不甲斐《ふがい》なさに腹立つ。

と、教室に戻れば、机の上には見覚えのない本が山積みになっていた。

は？

ちらちらと、俺の机に同級生の訝《いぶか》しげな視線が集まっている。高山よろしく積まれたそれらは各教科の参考書だった。……一体なんの罰だこの量は。受験生でも卒倒する。

山の上には折りたたんだ一枚のメモがあり、神経質な文字が並んでいる。

『慈悲《じひ》深いわたしより』

誰からか、なんて言うまでもない。死体蹴《げ》りに余念がない彼女の笑い声が聞こえるようだ。

覚えてろよ……。

唸《うな》りながら、積まれた参考書を一冊、手に取る。その表紙の手触りに、

（……ん？）

何か、変だと思う。

2

俺たちの不毛な勝負事に、終止符《しゅうしふ》が打たれたのはその日の夕刻だった。

放課後、陽の傾き始めた繁華街《はんかがい》。バイトの面接を終えて帰路についた俺は、様子のおかしい彼女の姿を見つける。

制服ではなく私服姿。仕立ての良さそうなワンピースの上に羽織《はお》った、ひどくラフなスカジャンと目深《まぶか》に被《かぶ》った帽子がらしくない。変装だろうか。

こちらには気付かず、咲耶は薄暗い細道へと入っていった。

……あいつ、なにしてんだ？　怪しむ。

思い出すのは彼女の能力《チート》だ。俺たちは現世でも少しは力を使える。例えば魔女の場合、鍵《かぎ》を開けたり、記憶を消したり、人の脳味噌を弄《いじ》ったり——要は治安の悪い能力だ。

流石に現世では乱用しない常識が彼女にも……あるだろうか、本当に？

咲耶にはかつて異世界でゴリゴリに悪役をやっていた前科《かこ》がある。その上異世界ボケを患《わずら》ってるとなれば、信用はできない。あいつは倫理《りんり》の点数は良くても倫理観はない。

俺は咲耶を尾行する。もし、現世でも悪事を為《な》すつもりなら俺が引導《いんどう》を渡してやらねばならない。それが異世界同期の腐れ縁として、俺の果たすべき義理だろう。

日はすっかりと暮れ、路地の向こうから灯るアーケードのネオンが微《かす》かにうるさい。

彼女は足早に古いビルの地下へ。階段の照明は暗く、壁には落書き、アングラの匂《にお》い。俺は気配を気合いで消したまま後に続いた。

だが、降りた先で俺を出迎えたのは。眩《まぶ》しい光と派手な電子音、誰も拒《こば》まない自動ドア。どこにでもある地方都市の、小規模なゲームセンターだった。怪しい場所ではなかったことに拍子抜けする。

ゲーセンの中は、どこにでもあると言うには少し古くさかった。

くたびれたぬいぐるみが転がるクレーン、ひと昔前の音楽が流れる筐体《きょうたい》は液晶の画素が荒い。叩かれるのが役目のワニは本来の緑をとうに失い、くすんだ水色になっている。

何故か、この場所には懐かしさを感じる……。

咲耶の姿を探す。彼女は、何の変哲もないパンチングマシンの前にいた。

その細腕を振りかぶり、たいしてありもしない腕力で筐体のサンドバッグを殴《なぐ》りながら。

「あ～～！　つ・か・れ・た……！」

　小さく叫ぶ、彼女は。

「なんなのよ今更フッーに高校生とかできるわけないじゃない！　優等生のフリとか魔女より疲れるし、最近の子と何話せばいいかわかんないしっ、微笑《ほほえ》みすぎて頰《ほ》っぺた攣《つ》ったし！」

　ピピピ……。マシンが点数を表示する。

「何よ三十点ってぇ！」

　へぼい。試験なら赤点だ。

　へなへなと筐体に縋《すが》り付く咲耶。

「ああ、わたしってダメダメなんだわ人間として三十点くらいしかないんだわ。もうおうち帰りたい学校行かないでゴロゴロ一日中ネトフリ見てたい。無理むりムリ～～……」

　ぼやき声はゲーセンの騒がしい環境音に紛《まぎ》れて常人には聞こえない。だが、人よりも性能がいい俺の耳には届いていた。一言一句、しっかりと。

　…………。

　見かねて後ろから、声をかける。

「何やってんだ。……というか、大丈夫か？」

　振り返った咲耶は、ひゅ。と息を詰まらせた。

咲耶はひと言も発さないまま、硬直する。

一体、どういうことか。

何故か彼女は、学校での品行方正な『文月』のイメージから到底離れたゲームセンターに一人でいて。根暗ほとばしる心の声を垂れ流し、鬱憤《うっぷん》をサンドバッグにぶつけていたわけだが。

さて、この状況から理由、背景、そして咲耶の発言を鑑《かんが》みるに……。

「おまえ、まさか」

閃《ひらめ》く。

「――高校デビューか？」

咲耶は、ぎくりと華奢《きゃしゃ》な肩を跳ねさせた。

……ということは。

「そんでもって、おまえ」

もしや、高校デビューに飽き足らず。

「――異世界デビューか？」


沈黙は肯定なり。彼女はきゅっと口を引き結んだまま、目を逸《そ》らした。

つまり俺の仮説はこうだ。
一、前提として、さっきの根暗っぽい感じが咲耶の本性である。

二、俺がずっと見てきた優等生としての『文月』の振る舞いは高校デビューの成果、つまりは二年より前から演技である。
三、『魔女』としての言動もまた演技である。何故なら高校デビューをするタイプの人間は、誰も知り合いがいない世界に行ったら今度は『異世界デビュー』をするからだ。……そうか？
まあ、供述と反応からみて間違いないだろう。

遅れて昼休みの一件に合点《がてん》がいく。『魔女』も『優等生』も両方が演技だったならどうりで、人前で猫を被るのが上手《うま》いわけだ。

納得に頷《うなず》く俺の前で、化け猫の皮をひっぺがされた咲耶は、赤くなってぷるぷる震えている。か細い声で、ぽつり。

「記憶、消す……」

すちゃりと目元に手を構える。カラコンを透過して、瞳が魔的な赤色に輝こうと——。

「待て待て！」

記憶を消されるのは嫌だ。人に脳味噌弄られるのは、嫌だ。

苦し紛れ、周囲を見渡す。ハッと思いつく。

「そうだ、勝負をしよう!!」

慌てて側のゲーム群を指差した。

「負けたやつが言うことを聞く。記憶消去でも洗脳でも、なんでもだ」

咲耶は、すっと手を下ろし。光ない眼差《まなざ》しで冷ややかに答えた。

「いいわ。ゲームも記憶も、めためたにしたげるから」

……こわ〜。


「これにしましょう」

勝負に咲耶が選んだのは昔の格闘ゲームだった。古びたレバーとボタン、心なし低い椅子《いす》。色数の少ないディスプレイは目に痛いほどビビッドだ。

「随分《ずいぶん》古そうだが大丈夫か？」

触ったら壊れたりしないだろうか……。

「レトロゲーならお互い経験値少なくていいでしょ。このゲーム、飛び道具とかもの凄《すご》い必殺技とかはナシ、殴る蹴るだけでシンプルだし。格ゲーの経験は？」

「いや。記憶にない」

「じゃあ説明するわ。操作法はまずこのボタンが――」咲耶は淡々と話す。「技は主に三種類。打撃と投げと防御。技には相性があって、三すくみ……つまるところジャンケンだと思って。あとは上段中段下段とかあるけど――」

流し聞きながら、こいつ、素のテンションめちゃくちゃ低いんだな、と思う。声には普段の抑揚《よくよう》がなく表情も心なしか気怠《けだる》げだ。あと早口。

「おまえやっぱりそっちが素なのか」

咲耶は喋《しゃべ》るのを一時停止、嫌な顔をした。

「あ〜、もう！」

咲耶は、髪を崩れない程度にくしゃくしゃとやって、

「ええ、そうよ。あなたの言う通り。高校デビューに異世界デビューです。わたしは昔からロールプレイ人間なの!!」

勢いよく、仮面をひっぺがした。悪くない往生際《おうじょうぎわ》だ。六十点。だが。

「なんだよロールプレイ人間って」

「与えられた役割《ロール》を演じないと生きていけない哀れな人種のことよ」

「それ人間か？」

要するにペルソナ——その場に合わせて適した『自分』の仮面を被る処世術のことだろうか。

話を格ゲーに戻そう。操作法は把握《はあく》した。

「しかし。ルール知ってるってことはおまえは経験あるだろ。フェアじゃない選択だ」

咲耶はにまりと細腕を組み、胸を抱える。

「あら。現実じゃ近接戦闘は十八番《おはこ》だったのに、ゲームだと自信がないのかしら、勇者様？」

余裕ぶったその挑発に、溜息。

「いいよ乗せられてやる」

向こうで遠距離攻撃しか使わなかった魔女《やつ》に、そう煽《あお》られては黙っていられない。

売られた喧嘩《けんか》、全部買う。

「あと無理して悪ぶらなくていいぞ。痛いっていうか痛々しいから」

「うるさいうるさい、ボコってやるから」

向かい合って設置された筐体の対面に彼女は座る。姿は見えなくなる。財布の中身を睨《にら》みつつ、貴重なワンコインを投入。

「勝負は二ラウンド先取よ」

「三本勝負だな。了解した」

——そして。俺の記憶と彼女の尊厳を賭け、勝負《ゲーム》は始まった。

画面上部には制限時間とHPバーが表示されている。四角いリングの上、3Dのポリゴンでできたキャラ同士二人向き合う。俺は無骨な男のキャラを、彼女は細身の少女を選択した。キャラの違いはわからなかった。だが華奢に見える相手も歴戦の格闘家なのだろう。

先制。少女の素早い打撃《パンチ》が飛んでくる。防御《ガード》は間に合わない。早々にHPバーに傷が付く。

なるほど、俺の操作する男は見るからに筋骨隆々だが、彼女は華奢ゆえに身軽だ。反応速度は彼女の方が早い。迂闊《うかつ》に近付くのは危険らしい。リングの後方へ跳ね退いた。

制限時間には余裕がある。操作に慣れるまでの時間を稼《かせ》ぐか、と互いの分身《キャラ》を操作しながら筐体越し。対話を試みる。

「なあ」

「なに」

お互いの声は掻《か》き消されても十分に聞こえる。

３Ｄの画面上、俺は彼女の分身ににじり寄る。距離を測る。

「おまえ、なんで面倒くさい演技なんてしてたんだ？　異世界《あっち》に行く前からずっと」

人前で仮面を被ること自体はわかる。誰しもある程度やることだ。例えば俺だって後輩の前では先輩面《づら》をしてきただろう。

だが彼女の演技はやりすぎだ。学校では『優等生』の仮面を、異世界では『魔女』の仮面を、徹底的に。素も含めて、一日で三回違う性格《キャラ》を見せられている。

彼女は「はぁ〜〜〜あ」と大きな溜息を吐いた。

「なんでって、素が根暗《こんな》だから誰にも見せられないのよ！　知ってどうする気？　ここぞと弱みにつけ込む気なら、わたしにだって考えがありますから……！」

……こいつ……実はめちゃくちゃ卑屈《ひくつ》だな？　その性格でよく高飛車《たかびしゃ》な演技ができたな。あと俺のことをなんだと思ってるんだ。

別に彼女の本性を知って、どうするも何もない。だがどう思ったのかは、はっきりしている。

リング上、俺は彼女の攻撃から逃げ回りながら。俺は返事をする。

「よかった！」

「何が……？」

「おまえが実は異世界ボケしてなくて、だよ」

あくまで『魔女』の振る舞いがロールプレイだったと言うのなら、彼女は真に悪堕《ボ》ちて《ケ》はいなかった、ということだ。

俺の部屋に窓から不法侵入してきた、あの一見非常識極まりない行動も、彼女は自分の『魔女』という立場を考慮《こうりょ》した結果、窓から入ってくることをクソ真面目《まじめ》に検討《けんとう》し、実行したに過ぎないわけだ。いやどっちにしろはた迷惑。

迷惑だが納得はできた。俺は迷惑を被《こうむ》るより納得できないことの方が嫌いだ。納得できる理由や事情があるなら、大抵のことは呑《の》み込める。

「クラスメイトを洗脳したんじゃないか、とか言って悪かったな。おまえが根っからの悪いやつじゃなくて嬉しいよ」

彼女は倫理《りんり》も常識も人間性も失っちゃいなかった。

魔法で楽に友人を得ていたら、話が合わない、などという等身大の悩みは出ない。学校が面倒、なんて普通すぎる愚痴《ぐち》は出ない。ストレス発散方法が小市民的なゲーセン通いな時点で、彼女の善性は語るに落ちている。

「…………」

さて、勝負に集中。逃げてばかりでは時間制限に殺される。間合いを図り、レバーを倒し接近。投げ技を仕掛ける。だが不用意に近付いた俺を、彼女は忌々《いまいま》しげに蹴飛《けと》ばした。攻撃をもろに喰らい仰《の》け反《ぞ》る。そこへ飛び蹴り、そのまま追い討《う》ちのように三連撃。相手は無傷のまま、こちらのＨＰは既に半分だ。

「いいえ。わたし、悪いやつよ」

近付かなければ倒せないが、近付けばボコボコにされる。

だが逆転の目はまだ——。

「——あんたが初心者なの知ってて、打ちのめしてる」

体勢を立て直すべく、ガードの構えを取った瞬間。画面の中、するりと彼女の細腕が俺の腕を摑《つか》む。防御に投げは相性有利。回避の術《すべ》は、ない。

重い肢体《したい》は軽々と宙へ浮き上がり、リングの外へと投げ出された。

「言ってなかったわね、試合終了《ゲームセット》の条件。Ｋ．Ｏ．《ノックアウト》と時間切れ、それから——」

『場外負け《リングアウト》』、〇－一。

ステージから落ちたら死ぬのはどんなゲームでも常識だ。言うまでもないが、忘れてたな。

「卑怯《ひきよう》で悪かったわね」

「何言ってる？　当然だろ、勝つために手段を選ばないのは」

それに、この程度で卑怯ぶるのは優等生《よいこ》すぎる。

向こう側、彼女の表情は見えない。だが鼻白んだのがわかった。

「折角《せっかく》の一勝だ、いつもみたいに勝ち誇らないのか？」

「高笑いは意外と疲れるの。素がバレてまでやることじゃないわ」

「わざわざ疲れることとしてる自覚あったのかよ」

じゃあ最初からやるなよマジでよ。

流れるように二ラウンド目が始まる。

一戦目は見に回った。二戦目は負けられない。

一戦を経てわかったことがある。どうやら技によって速さが違うらしい。相手より速く動けば速く当たる、その当たり前はゲームでも適用されている。

技の分類こそ三つだが、技自体はボタンの押し方によって多様。しかしどれを押せばなんの技が出るのかは、初見には不明だ。これを説明しない咲耶はそこそこ性格が悪い。

が、非難する気はない。

友人同士の娯楽《ゲーム》ならともかく敵同士、互いの大事なものを賭《か》けている以上これは戦いである。異世界ではフェアプレイ精神など竜の餌《えさ》にもならないゴミだ。何も知らない相手を殴《なぐ》り倒すほど効率のいいことはない。俺が咲耶の立場なら技の相性すら教えずに勝負に持ち込んだだろう。最低限のルールを教わっただけで温情は充分だ。

ガチャガチャとボタンを連打する。技の出し方がわからずとも、押せばなんらかの技は出るだろう。そして動き方を手に馴染《なじ》ませればいい。

チッと舌打ちが聞こえる。

「ガチャプレイとかダサいわよ！」

「どうでもいいな。勝てば正義だ」

技にはジャンケンの如く相性がある。おそらく本来このゲームの遊び方は相手の出す技を予想して、有利な相性の技を出すことなんだろうが。こうなっては純粋な運ゲーだ。こちらの出す技がランダムならば、彼女だって先読みしようがない。……逆に説明した方が良かったんじゃないか？

互いにじわじわとダメージを重ねる。だが残念ながら制限時間の減りの方が、ＨＰの減りより早い。膠着《こうちゃく》状態。

ま、そう簡単には勝てないか。

画面上部中央、秒数のカウントを睨む。残り二十秒。

「二つ、確かめたい」

手を動かしながら、あえて悠長《ゆうちょう》に会話を始める。弱みにつけ込む。

「おまえ、優等生の演技してたってことはさ。本当の友達はいないんじゃないか？」

今日の昼休み。彼女と一緒にいた同級生でさえも。

咲耶の呆《あき》れたような声が向こう側から聞こえる。

「なぁに本当の友達って。定義でも言ってごらんなさいよ」

「素を見せられないのは友達じゃないだろ。いたことあるか？　これまで、一人でも」

「うっ……」

図星かよ。流石《さすが》に人生で一人くらいはいろよ。

「それでよく、『友達の数で競う』とかのたまえたな……」

「ううっ」

――くだらない、『数』で競うなどと。友達なんてのは本当に話せるやつが一人でもいればいい。

画面内では制限時間が迫る。残り五秒。彼女は動揺《どうよう》を隠すように、無理な接近。

「別に、いいでしょう！　子供じゃあるまいし、そんなのいなくたって……っ」

その隙《すき》に、さっき手で覚えた技のコマンドを打ち込んだ。疎《おろそ》かになった少女の腹に鋭い肘打ちが突き刺さる。

「ミスッ……」

制限時間切れ《タイムオーバー》、膠着していた互いのＨＰ残量は、最後の一打で僅《わず》かに俺が上回った。判定勝ちの一－一。

「さて」

これで同点だ。

筐体《きょうたい》の向こう、台の上で拳を握りしめているだろう咲耶に問う。

「負けたら、おまえも言うこと聞くんだよな？」

「……それとこれとは話が別よ」

こいつ悪いな往生際《おうじょうぎわ》が。

「まあ聞けよ」

咲耶の本性を『知ってどうする気』か、と彼女は訊いた。どうするもこうするもないと思っていたが……この戦いの中で、ひとつ名案を思い付いた。

「咲耶、俺が勝ったら——」

「友達にならないか」

「……は？」


三戦目のゴングが鳴る。

「な、何を言ってるの」

咲耶の声が揺れる。互いに牽制《けんせい》のような攻撃を繰りながら、そっちのけで話をする。

「わたしとあなたの関係を忘れたの？」

そうだ。俺たちは元敵同士で、犬猿の仲。彼女は常々言っている、俺のことが『嫌い』だと。

だが――本当に？

それは、異世界《むこう》で演じた魔女《てき》という役割の上での話ではないか？

本当に嫌いなら、何故。彼女はわざわざ俺に会いに来て喧嘩《けんか》を売るのだろうか？

嫌いで仕方のない相手ならば、常識的に考えて。見たくもない思い出したくもない、関わりたくもないはずだ。

「おまえさ。実は」

会いに来てくれる時点で、勝負を申し込んでくる時点で。

「俺のこと、嫌いじゃないだろ」

――たとえ、好きではないとしても。それがわからないほど俺は愚鈍《ぐどん》ではないつもりだ。

なあ。

「思い上がりか?」

画面の向こう。咲耶は答えない。俺は一手、話を進める。

画面の中。俺は動かない。彼女はじり、と後ずさる。

◆

わたしは黙って、話を聞いて。

変な声が出ないように、舌を噛《か》んだ。じわり、苦い鉄の味がする。

思い上がりよ。自意識過剰《かじょう》よ。『嫌いじゃないだろ』、ですって?

「……わたし、あなたの無駄に察しがいいところ。嫌いよ」

言い聞かせる。

——大丈夫だ。勝てば洗脳で、晒《さら》してしまった醜態《しゅうたい》もなかったことにできるのだから。

レバーを深く、握り込む。

三戦目の対戦模様は、一戦目とも二戦目とも違った。操作法を理解した飛鳥は、一方的にやられるわけでもなければ闇雲《やみくも》に暴れるわけでもない。愚直に、理解したセオリー通り、こちらへ相性有利の技を仕掛けようと動いている。呑《の》み込みが早くて嫌になる。

……実のところわたしも初心者に毛が生えたようなものだ。あらゆるゲームにおいて、そう。

一緒に遊ぶ友達がいなければ上手《うま》くなりようもない。それに現世に戻ってきてからは、そんな時間もなかったから。

だからビギナー同士、読み合いは同レベルで成立し、体力《HP》ケージはお互いにじわじわと減り続けている。時間切れでの決着は、ない。

――まだ勝てる。

同レベルだからこそ一日《いちじつ》の長《ちょう》は大きい。知識と経験のアドバンテージはこちらにある。

格ゲーのセオリーは、より相性のいい技をより速く叩き込むことだ。

たとえば同時に技のコマンドを入力したとして。技が発生してから当たるまでの時間、それが短い技を使った方が速く届く。発生時間が短い技なら相手より遅く入力したって先に殴れる。

つまり、ジャンケンで言うところの後出し。相手の出した技を見てから、より速くより相性のいい手を出す。それなら理論上は勝てるけど。

後出しなんて不可能。発生時間の単位は、一秒を六十分の一に刻んだ〝フレーム〟。文字通りの刹那《せつな》。見て反応するなんて、人間にはできない。

だから。勝負を決めるのは読み合いだ。

人の戦闘パターンには癖《くせ》が出る。現実でもゲームでも飛鳥の脚技よりも腕に信用をおく癖、ガードするより多少ダメージを食らっても攻める性格は健在。脳筋っぽい。

つまりあいつの癖をわかっていて、けれど異世界《むこう》で近接攻撃を使わなかったわたしは、相手に癖を読ませることはない。

狙いは完膚《かんぷ》なきノックアウト。バーチャルの世界でもいい、あいつを一度は跪《ひざまず》かせたい。

まずはこちらの中段に飛ぶ拳を受ける。
攻撃に失敗し、彼が硬直したその瞬間。
追ってコマンドを入力。そのまま上段に高くとどめの蹴《け》りを放った。
（読み切った――――！）
はずなのに。頭にチリ、と違和感が走った。不意に何故か、彼の瞳の色を思い出す。
――不自然な、青色。どうしてそんな色をしてるんだっけ？
画面の向こう側で飛鳥が、不敵に笑ったような気がした。
「――悪いな」
めきゃり、と追ってめり込むような入力音が聞こえる。
「え」
発生、わたしの放った蹴りは宙に弧を描き。
けれどその打撃は命中する前に、低くわたしの懐《ふところ》に潜り込んだ彼によって腕を摑《つか》まれ。
次の瞬間、宙に投げ出されていた。
完璧《かんぺき》な相性有利。地に叩きつけられたわたしに、トドメの跳び蹴りが突き刺さる。
読み合いで負けた？　いや違う、だってコマンドの入力音はわたしより後だった。
まさか――わたしの蹴りが届く前に、後出しした？　数刹那を、見切って。そんな、
「どうやってっ……!?」
あいつは堂々と答えを言う。

「異世界レーシックだ」

——すっごく目がいいだけ、というふざけた答えを。見えないけど多分得意げに。

「あんたなんでも異世界って付ければいいと思ってる!?」

そして。わたしのばかみたいな悲鳴と共に、画面からノックアウトの宣告が響くのだった。


クソゲーだわ……！　と怒りのまま台パンしそうになるのを堪える。筐体を叩くなんて上品じゃないいし、万一壊すなんてあってはならないいし、そもそも悪いのはゲームじゃない。ゲームにおいて不正《チート》はなかった。プレイヤーの身体《フィジカル》がチートだっただけ。台じゃなくて彼をパンチしたい。

屈辱《くつじょく》にのたうちまわるわたしの心なんて知らぬ顔で、立ち上がった飛鳥は言う。

「俺の勝ちだ。記憶消去は回避した。約束通り、なってくれるよな?」

——友達に。

苦い思いで唇を噛む。約束した覚えはない。負けた手前、断る正当性もないけど。

納得いかなかった。

「それ、あんたになんのメリットがあるのよ……こんなのと友達になって、何が楽しいの?

もうわかったでしょう。わたし、根暗だし嘘吐きだし、性格最悪よ」

飛鳥は、呆《あき》れて。

「いやおまえの性根、どう足掻《あが》いてもいい子だろ。状況証拠揃ってんぞ」

「えっ」

昼休み、俺の机に積まれていたあれのことだ。

「参考書、貸してくれただろう。ご丁寧《ていねい》に授業をわかりやすくまとめたノートまで付けてさ。あの量は流石《さすが》に嫌がらせかと思ったが。それにしちゃ親切がすぎるな」

「ああそれ」溜息を吐く。

「無様で見てらんなかっただけよ。どっかの誰かさんとは違ってわたし、演技でもきっちり『優等生』ですから。使わなかった本を古紙回収代わりに押し付けただけ」

「嘘吐きなのは間違いないな。しかも下手《へた》だ」

むっとした。

飛鳥は淡々とわたしを追及する。

「あの参考書、何か変だと思ったんだ。買ったのは現世《こっち》に戻ってきてからだろ。せいぜい一ヶ月、二ヶ月前だ。なのに新品には見えなかった」

「……古本だったのよ」

「おまえ一応、現世《こっち》じゃお嬢様だろ。古本なんて買うのか?」

「それは偏見だと思うわ、わたし。庶民《しょみん》的な一面もあるわよ?」

変装用に羽織《はお》ったスカジャンの刺繍《ししゅう》を手で払う。柄《がら》は百合《ゆり》だ。

「じゃあエセお嬢様だと認めるかの二択だな」

……それはそれで、なんか嫌。

「ようやく理由がわかったよ。あれは純粋に、使い込んであったんだな」

わたしは自分の吐いた嘘の粗末さに気付く。使わなかった本、じゃなくて。もう使わない本、と言えばよかった。だけどそう言ったら悪あがきがバレてしまう。本当は勉強が得意でもないわたしが、再び『優等生』を演じるためにした努力が。

……なんて、彼への心配を耐えられなかった時点で、どうしようもなかったか。

これでも悪役なのに。慈悲《じひ》深くって嫌になる。

自尊めいた自虐《じぎゃく》に鬱々《うつうつ》とするわたしに、飛鳥は。

「二年のブランクを取り戻すことが大変かは、よく知っている。なにせ俺は赤点だらけだからな。優等生の演技とはいえ気合いが入ってるよ、おまえ」

嘆息《たんそく》。

「異世界《むこう》でもそうだ。願いのためだかなんだか知らないが。おまえの性格じゃ向いてない悪役ロール、二年もよくやってたな……」

言葉だけなら小馬鹿にされているような、だけど口調には労《いたわ》りの響きがあった。

——気付く。もしかして彼は、わたしの演技《うそ》を一度も否定していない？

は、と我に返る。待て待て絆《ほだ》されてはだめ。

わたしは目的を思い出す。悪ぶっていたのは演技だからといって、恨みまで嘘じゃない。許せないことは三つ。わたしをこっぴどく打ち負かしたこと。努力を否定したこと。そして、願いを叶える邪魔をしたことだ。

たかが努力の一つを肯定されたからってわたしを二度も打ち負かした禍根《こと》がなかったことにはならないし、「はいそうですか」って友達になんて今更、なれるわけ……。

「それに知ってしまったからな。おまえが無理してるって」

彼は続ける。ふざけた誘いの理由を。

「悪いが、知ってしまったら放っておけない。なにせ俺は知らない世界すら救えるくらいにはいいやつだからな。自分で言うけど」

「……本当にいいやつは自分で言わないわよ。それに無理なんてしてないわ」

「そうか？　学校じゃ上手くやっているように見えて、常に猫被《かぶ》ってるんじゃ本音で話せるやつがいないだろ」

当然だ。何故なら二重三重に裏の顔がありすぎるわたしの、本当の姿を知っている人間はどこにもいないから。

「でも。俺は君の裏を全部知っている。今知った。俺なら誰にも聞かせられない愚痴《ぐち》もくだらない悩みもなんでも聞ける。何かあったとき、助けてもやれる」

筐体《きょうたい》に腕を置き、飛鳥は上から覗《のぞ》き込む。

「どうだ？　俺達、なかなか都合がいい友達になれると思わないか？」

同情。そんな理由で差し伸べられる手を、握りたくはなかった。

……そういうところが、わたしの性格の悪いところ。

お断りだと言おうと顔を上げて。

「――なんてな。今のはただの建前《たてまえ》だ。本当は俺の勝手な都合だよ」

そしてわたしは、飛鳥が半分きまり悪そうに苦笑したのを、直視した。

「あなたの？」

わたしと友達になって、飛鳥にメリットがあるとでも？

「ああ。俺は、現世に帰ってきたからには平凡に生きたいと思ってたんだ。けど、どうも味気なくてさ。普通に楽しくて普通に友達がいて、そういうの。俺が望む普通の日常って、それだった。でも、おまえの言う通り、どうやら俺の『普通』は異世界ズレしてるらしい」

――そう、わたしたちは普通じゃない。

現世の子たちと分かり合えはしないだろう。もしも普通の学校生活を、普通の青春を、送りたいと望むならば、けしてありのままではいられない。普通を演じなければどうしようもない。

「けど。咲耶は同じだ。異世界の経験っていう、同じ『普通』を持っている。おまえの秘密を知っているのが俺だけなように、俺のことを知っているのもおまえだけだ」

真っ直ぐに、わたしを見る。

「だから、ここで決着をつけよう。『次は友達の数で勝負』だと言ったな。俺もおまえも、今じゃ本当の友達というやつは一人もいない。ここで俺たちがそうなれば、友達の数は一―一。

現世での勝負は一勝一敗、一引き分けだ。手打ちとするにはいいタイミングだと思わないか?」

――許せないのは、こっぴどく、打ち負かしたこと――。

だけど。もうここは異世界ではないのだと言うように、かつて勝つためにはどんな手でも使う勇者だった彼は、禍根《かこん》を断つ提案をした。

それが、負ければ死ぬ世界で生きた彼にとって、どれほどの譲歩《じょうほ》だろうか。

「それに。こっちで一番初めになるなら、咲耶がいい。向こうで敵だった君が。……それでようやく、『俺たちの戦いは終わった』って感じがする」

飛鳥は言う。ひとつだけ混じった『君』という呼び方が、本気めいていた。

「友達になろうぜ、咲耶。俺は、『文月』でも『魔女』でもない、ただの咲耶とそうなりたい」

こちらが聞いていて恥ずかしくなるような台詞《せりふ》を、なんのてらいもなく。

「それで、これからは喧嘩《けんか》を売りにじゃなくて、遊びの誘いに来いよ」

「ゲームの最中、考えてた。これが喧嘩じゃなくて遊びなら、どれほど楽しいだろうって。それに――『友達』なら、おまえもわざわざ疲れる高笑い、しなくていい。魔女だからって、わざわざ窓から入ってこなくていい、だろ?」

「……あ」

理解する。──おそらくは、これがわたしに提示された一番のメリットだと。

わたしには悪癖《あくへき》があった。ロールプレイ、人前で異様に猫を被る癖《くせ》。

現世では『いい子でいなくちゃ』と優等生の仮面を被って生きてきて。異世界では『悪いやつにならなくちゃ』と演じて過ごしてきた。演じる方向性は真逆だけど、簡単だった。真逆って鏡合わせのように似てるから。二年も演《や》れば、魔女の演技はもう息をするようにできてしまう。逆に止め方がわからない。

ロールプレイ人間とはそういうことだ。いついかなる時もなんらかの役を演じるのが性分で。そして勇者《かれ》の前では必然として、わたしの役は『魔女』になってしまう。

今更ただの同級生に戻るには異世界で敵としての顔を見せ過ぎてしまったし、わたしたちは友達ではないから、素顔を見せる理由もなかった。……今までは。

飛鳥は今、わたしに新しい『役』を与えようとしているのだ。『普通の友達』という役を。あなたの前で『魔女』を演じることが癖になって抜けない、どうしようもないわたしに。素顔でいられるための言い訳をくれようとしている。

──なんて、都合のいい提案。

想像する。もし彼と、友達になったら？

朝、家の前で顔を合わせても、別々に登校しなくていい。一緒に並んで歩くようになって。

昼休みもたとえば、そう。たとえばそう、屋上なんかで一緒にお弁当を広げたりして。

放課後は一緒に寄り道なんかしちゃって、ゲームだってどっちが勝ったって恨みっこなし。

夜にはあなたの魔女《てき》としてじゃなくて、友達として、部屋へ遊びに行って。

……ああ、ダメだ。嬉しいと思ってしまったら。

だってそれはあなたに打ち勝ち、ただ跪《ひざまず》かせるだけのつまらない未来よりも素敵だと、思ってしまったら。

認めるしか、ないじゃない。

立ち上がる。手を差し出す。

「わたしの負けよ」

わたしは今、笑えているのだろうと思った。多分、きっと、嘘じゃない笑顔で。

飛鳥は笑った。いつものように、眉間《みけん》にしわを寄せた笑み。

「友好成立だな」

そう言って、彼は後ろ手に隠していた左手を、わたしへと差し出した。

「ところで」

握手を求めたつもりだったのだけど。……何か持ってる？

左手に握られたそれは、折れたレバーだった。ゲームの筐体の。

——え？

「……咲耶。これ、どうしたらいいと思う？」

飛鳥の青ざめた引きつった顔に、冷や汗がダラダラと流れていた。

ぱくぱくと口を動かす。呆れて声も出ない。

この、筋肉バカッ……！　ああもう折角《せっかく》、嫌いじゃないかもと思ったのに！　台無しよ!!

◆

「わたしが魔法で直しとくから！」と、壊れた部品を奪い取る。

「代わりにアイス、奢《おご》ってよね」

「わかった、勿論《もちろん》だ」と飛鳥は自販機に行こうと背を向け。

「そういえば」

ふと思い出したように振り返る。

「おまえの言ってた〝異世界で叶えたかった願い〟って、なんだったんだ？」

わたしが許せなかったことの、三つ目。

「……いいのよ、それはもう」

ふうん？　と訝《いぶか》しげに首を捻《ひね》って。飛鳥はそれ以上何も聞かなかった。

――私は嘘を吐いていた。

最初から願いなんて、本当はもう、どうでもよかったのだ。

わたしの叶えたかった願いは。

『帰りたい』

――かつてこの手で叶えたかった願いはもう。あなたが叶えてくれたのだから。

……負けたのに叶えられてしまったのが悔《くや》しくて情けなくて突っかかっていた、なんて子供っぽい理由。今更、恥ずかしくて言えやしない。

悪いけど『友達』にはまだ、秘密にさせてほしい。

遠ざかる背中に、聞こえないくらいの声で小さく呟《つぶや》く。

「……ありがと」

「ん？　ああ、安いもんだ」

普通に拾って、振り向いた。

どうせアイスのことだとでも、思っているのだろうけど。

「こういう時は、聞こえなかったフリするのよ」

「生憎《あいにく》、地獄耳なもんで」

異世界耳とは言わないのね、そこは。


「それに――こちらこそ、だよ」

この時、彼が何にお礼を言ったのかは。

わたしにはまだ、わからなかった。

3

咲耶にアイスを献上するため、ゲーセンで自販機を探し当てる。

『あなたの好きな味で』と言われたけど、なんだその注文は。逆に難しい。アイスはなんでも冷たくて美味《うま》い。

小銭を入れた後、自販機の前でしばらく悩んでいると、ふと近くに覚えのある顔を見つける。

俺たちがプレイしたものよりひと回りも大きい、格闘ゲームの最新筐体《きょうたい》。そのボタンを無造《むぞう》作《さ》に押しては淡々と勝利を積み重ねる、黒髪の少女がいた。薄い体軀《たいく》に纏《まと》うのはタイを結んだ同じ高校の制服だ。

「……瑠璃《るり》？」

少女は、次のコインを入れようとした手を止め、振り向く。

流し目の下には泣き黒子《ぼくろ》。横にひとつ結んだ濡れ羽色の髪が揺れ、髪の隙間《すきま》からは銀色のピアスが覗《のぞ》く。校則違反ではない。スカートを穿《は》いてなお、雰囲気《ふんいき》はどことなく中性的だった。

「やあ、センパイ。二ヶ月ぶり。病院で会って以来だね。相変わらず青黒い顔して、もう少し病院に叩き込まれてたらよかったんじゃない？」

ハスキーな声に、少年めいた口調。淡々と毒を吐く顔見知りの少女に、俺は答える。

「その呼び方やめろよ。もう先輩じゃない」

「そう、だったね」

少女の名は鈴堂《りんどう》瑠璃。二つ年下の彼女は俺の中学時代の部活の後輩で、かつての親友の妹だ。

瑠璃は涼やかなサイドテールをさらりと払って。光の乏《とぼ》しい黒い瞳で、薄く笑った。

「昔よく一緒にここのゲームで遊んだよね。部活帰りに、みんなで。負けた人が奢りとか言ってよくアイス買ってもらったっけ。懐かしいな」

「……そうだったか。すっかり忘れてたな」

瑠璃が同じ高校に通っていることは知っていたが、組も知らず廊下《ろうか》ですれ違ったこともない。

——何故なら今の俺は、瑠璃に嫌われているからだ。

声をかけるべきではなかったか、と身構える。瑠璃は立ち上がって背伸びをし、間近へ来る。

そして彼女は、勝手知ったる様に自販機のボタンを押した。

「キミが好きだった味は、これだよ」

ガコン、と品物の落ちる音。用は済んだ、と瑠璃は俺に目もくれず背を向ける。

「さよなら、センパイ。もう二度と会わないといいね」

取り出し口の中身を右手で拾い上げる。冷たさは感じない。味は、いかにも甘ったるそうなダブルチョコ。

「……覚えておこう」

そう思った。

三章

青春への果てしない道程。

first love
come in
the window.

1

翌日。ゲーセンでの一件から丸一日が経ち、学校。

戻ってきた日常は昨日とはひと味だけ違う。何せ、咲耶《さくや》との関係が友人に変わったのだから。

昼休み。俺は湯を入れてきたカップ麺を手に、後ろの席の彼女に声をかける。

「咲耶、昼飯一緒に食おうぜ」

授業の後、隣の同級生に質問していたらしい咲耶はぎょっとした顔で振り向き、机から身を乗り出した。

「ちょっと、皆見てる中で誘うなんて、何考えてるの!?」

「なんだよ。一緒に飯食うのは友達として、普通だろ」

「男女二人が、教室でご飯食べるなんて常識的じゃないわ。普通の高校生はしないでしょ」

「そうなのか?」

「あんたさては、友達の性別気にしないタイプね……」

言われてみれば確かに、周囲の視線は感じるが。些事《さじ》じゃなかろうか。

「はーあ、今更世間体《せけんてい》気にする方がばからしいのかしら。まいいわ。私、購買でお昼買ってくるから——」

早々に諦め顔で許可を下した咲耶は、机の上で鞄《かばん》を開き、そしてぴたりと動きを止めた。

「……お財布、忘れた」

こいつ、イメージより頻繁《ひんぱん》にそそっかしいな。

「悪いが俺も、持ち合わせがない」

財布の中は空《から》だ。

「うう、どうしよ。別に食べなくても平気なんだけど……」

わかる。一、二、三食くらい抜いても平気だよな。だが人に断食《だんじき》を勧めるのは忍びない。

「俺の蕎麦《そば》食う？」

「結構よ。お嬢様はカップ麺食べない」

購買のパンも食わねえだろ。

「……やっぱりお財布、取りに行ってくる。ごめん、お昼はまた今度」

「そうか。じゃあ」

立ち上がった咲耶に、俺は自転車の鍵《かぎ》を投げ渡した。咲耶は危なげな手つきで鍵を受け取る。

「俺の自転車、使っていいぞ。貸し一な」

「友達に貸し借りとか、あるの？」

咲耶が怪訝《けげん》な顔で礼を言い、教室を出ていった後。

俺は蓋《ふた》の表記時間を無視してカップ蕎麦を開く。麺に一味《いちみ》を山程ぶちまける。咥《くわ》えて割った箸《はし》で、赤く染まった蕎麦を啜《すす》りながら。

それにしても、と考える。

男女のくだりといい、貸し借りの話といい、どうやら俺と彼女では友達観が違うらしい。

◇

「『友達の定義』を決めようか」

放課後のことである。二人きり残った教室で。教壇《きょうだん》に立ち、俺は机に座る咲耶に言った。

「……はい？」

咲耶は頬杖《ほおづえ》から顔を浮かし、目を細めて。

「いきなり何を言ってるの⁇」

突然言われては困惑するのも、さもありなん。

「実は考えていたんだ。昼休みから」

昨日《さくじつ》、共に『普通の青春』を手に入れるため、

「俺たちは晴れて友人同士になったわけだが……。そもそも友達観が違うのは、問題だと」

先人曰《いわ》く、価値観の相違で音楽バンドは解散するし、長年の漫才コンビも解消する。価値観を擦り合わせなければ、友人関係など容易に亀裂が入るだろう。

「それに。今更、俺たちに『普通の友達』ができると思うか？」

「……一理あるわね」

かつてはただのクラスメイト、間に元宿敵という関係を挟んで、今は友達。ちょっとややこしすぎるのだ、俺たちの関係は。普通の友達をやろうにも混乱しかねない。

「だから定義を——俺たちはどういう『友達』なのかを、事前に確認しておこう」

咲耶は、「わざわざそんなことするって、変じゃない？」と文句を言いつつ。

「まあ、わたしも友達初心者だし。ロールは明確な方がありがたいかも」

……おまえの言い分もなんか、特殊じゃない？

まあいい。そうと決まれば、黒板に『友達の定義』と書く。

「字、きったな～」「ほっとけ」

「まずは、俺たちがどういう友達なのか、だが……強《し》いて言えば『戦友』が近いか？」

咲耶はペラペラと手元の辞書をめくり、頷《うなず》く。

「異論ないわ」

チョークで『友達の定義』の下に、『≒《ニアリーイコール》戦友』と綴《つづ》る。

あえて型に嵌《は》めるのは無粋《ぶすい》かもしれないが、俺たちのややこしい関係はラベルを貼ってわかりやすくするくらいで丁度《ちょうど》いい。

黒板を叩く。

「よし、じゃあ次にルールを決めよう。友達をやるにあたって、『これだけは嫌だ』『これだけは守りたい』、そういうものはあるか」

「たとえば？」

「そうだな……折角《せっかく》の友達になるんだ、余計な喧嘩《けんか》を起こさないよう、『異世界《むこう》の話は掘り返さない』ってのはどうだ？」

過去には面倒な因縁《いんねん》があちこちに埋まっている。迂闊《うかつ》に掘るのは藪蛇《やぶへび》だ。

「いいわ、賛成。こっちもあれそれ聞かれたくないしね」

次いで、咲耶はすっと手を挙げる。

「わたしからもひとつ、ルールの提案があるわ」

「なんだ？」

もじもじと、咲耶は言い淀《よど》んで。

「こ、『困ったときは助け合う』とか……」

うむ、と頷く。当たり前だけど言葉にしておくのは大事だな。

しかし、言い終えた咲耶は何故か、顔を覆《おお》っていた。

「どうした？」

「うう、こんな道徳的なこと言う羽目になるなんて、恥ずかしい……」

「どこに羞恥心《しゅうちしん》感じてんだよ」

「わたし、悪い魔女なんですけどっ。ちゃんとプライド持ってヴィランやってたんですけど！　道徳とか、むしろゼロ点じゃないと恥ずかしいわ……！」

「おまえやっぱ異世界ボケしてる⁇」

　心配だよ俺は。そのズレた価値観が。

　そのほか、細かい条件も詰めていく。「性別面はわたしも気にしないことにするから、貸し借りの計上はやめて。返しきる自信ない」「借りパクする気か？　全然いいけど」などと。

　譲歩《じょうほ》と妥協《だきょう》の合議を小一時間。

　さて、友好条約をまとめると――。

『普通の青春を、俺たちなりに』

『戦友として、適度な距離感と協力を』

「――ということで、よろしいか！」

「ええ、よろしいわ」

　俺は左手のチョークを置き、粉を払う。汚れのましになった手で握手を求める。

「それじゃ、あらためて」

　咲耶のそろそろと差し出した手を、逃さぬよう捕まえにいく。ガシッ。

「よろしく。条約締結、だな」

「……まったく、茶番に付き合うのも友達の役割ね」

「醍醐味《だいごみ》と言ってくれ」

「はいはい」

咲耶はまんざらでもなさそうに苦笑した。

その時だった。ガラリと教室の、後ろの扉が開いたのは。

……しまった、鍵をかけ忘れていた。

入ってきた茶髪にパーカーの男子生徒は、固く握手を交わす俺たちと黒板を見て、気まずそうに。

「あ～……なんか、取り込み中にごめん？」

咲耶はブンッと目にも留まらぬ速度で握った手を離す。表情が、すっと消える。

「……さよなら、陽南《ひなみ》君。黒板の落書き、消した方がいいわよ」

何事もなかったかのように鞄を取って、帰ろうとする咲耶を。

「待て。なに他人のフリしてんだ、条約違反だぞ！」

慌てて黒板を消し、追いかける。

「知らない。条約って何？　あなた誰⁉」

「その嘘は無理あるだろうが……！」

背後から、同級生の訝《いぶか》しげな視線を感じながら……。

――もしかして。『普通の青春』は思ったよりも前途多難かもしれない。

2

この一週間はまたたく間に過ぎて、学校も休みの日曜、お昼頃。

わたしは少し散らかったリビングのソファで仰向《あおむ》けになっていた。外に出ても恥ずかしくない程度のだらけた私服に、もちろんすっぴんで。

思いっきり休日を、持て余していた。

「……暇」

光が反射し微《かす》かに塵《ちり》の舞う明るい天井に、わたしは手をかざす。

ついこの間のことを思い出す。放課後、二人きりの教室で、自分事ながら妙な相談をしたこと。その後に、握った左手の感触を。

『あらためて、よろしく』

彼の手は硬くて、骨張っていて、

(大きかった……)

ひゃ〜〜。なんだか胸が、変な感じ。わたしはじたばたとソファの上で悶《もだ》える。いやこれは、友達の手を握ったのが初めてなせいだから！

ひとしきり暴れ終えて、はぁ、と溜息を吐いた。

やることが、ない。課題は既に終わったし、読書やネットにも飽きた。部屋の片付けは見て見ぬふりをしたい気分、かと言って昼寝なんて無意味だし……。

はっ。こんな退屈なおやすみの日こそ、友達の家に遊びに行けばいいのでは!?

『友達』という肩書には、暇というだけで遊びに誘う大義名分があるのだし。それってなんか、青春っぽいし。

そう思い立って、わたしは着の身着のままウキウキと。いつもと違って昼間に、窓から彼の家へ突撃したわけだけど。

ベランダから見える開けっ放しの窓、カーテンの向こう、彼の部屋の中はやけに静か。

もしかして留守?　まったく、無用心だわ。窓開けっ放しで出かけるなんて危ないのに。変な人が入ってくるかもしれないのに。

「飛鳥《あすか》～。いないの?」

念のため、とカーテンを潜り、その先でわたしが目にしたのは。

「……え?」

──畳《たたみ》の上、俯《うつぶ》せに倒れているあいつの姿だった。

「きゃー!?　死んでる!?」

わたしの悲鳴に反応して、ピクッと飛鳥の手が動く。あ、生きてる。

「だ、大丈夫?」

「…………」

返事はない。やっぱりただの屍《しかばね》のよう。

わたしは顎《あご》に指を当て、事件の真相について考えてみる。

まずは現場検証。部屋を見渡す。壁紙の剝《は》がれかけた六畳《じょう》間は物が少ない。生活感さえも薄く、狭いキッチンには料理の痕跡も見当たらない。

……嫌な予感。

「失礼します」

わたしは飛鳥の部屋の、小さな冷蔵庫を開ける。中身はほぼ空《から》。練《ね》りからしのチューブだけが棚《たな》に転がっている。あまりの酷《ひど》さに絶句、バン！　と勢い余って冷蔵庫のドアを閉めた。

——連鎖して、私はこの一週間、飛鳥が昼休みに食べていたものを思い出す。

火曜はカップ蕎麦《そば》だった。そこはまあ、いいとして。問題はそれから。

水曜はもやし一袋。『なんで？』『職員室のレンジでチンした』『どうやって、は聞いてない』

木曜日は乾燥わかめ一袋。『なんで⁉』『わかめはすごいぞ。増える』『……そう』

金曜は鰹節《かつおぶし》一袋。『なんで⁉⁉』『俺は出汁《だし》を取るのが上手《うま》い』『取ってないわよそれ。あと会話も成り立ってないわ。脳に栄養足りてないんじゃない？　ちゃんと食べたほうがいいわよ』

……てっきり彼は食事に関してものすごーく、ずぼらなのだと思ってたけど。

一体、この土日は何を食べて——、
その時、静かな部屋に大きな腹の音《ね》が響く。ぐるるるる……。当然、わたしのお腹からではないわけで。――まさか。何も食べてない？

わたしは彼の前にしゃがみ込み、つん、と死体《あすか》のつむじを突《つつ》く。

「ねえ飛鳥……最後にまともなご飯食べたの、いつ？」

死体は、おもむろに生気のない顔を上げ、答える。

「……………忘れた」

「ばかなの⁇」

「馬鹿な……俺の計算では三日くらい何も食わなくても余裕なはず……」

「もしや人間は初めて⁇」

なるほど、死因が判明しました。うっかりによる餓死《がし》。人間として〇点、文句なしの落第だ。

「そのざまでよく、わたしに『異世界ボケ』とか言えたわね。あんたよそれは～！」

つむじ連打。つんつんつんつん。

ついに文句ひとつ言わなくなった飛鳥の死体（生きてる）を前に、大きく溜息を吐いた。

この死体を蘇《よみがえ》らせるには、即席で口に食べ物を突っ込むべきかもしれない。けど、単に飢えを満たすだけじゃ、蘇生《そせい》魔法代わりには足りないだろう。何か、まともな食事を。あったかくて、高カロリーな……。

わたしは少しの間、考え込む。さいわい、この部屋には最低限の調理器具はあるみたい。

「ちょっとそこでぶっ倒れてなさい！」

わたしは窓から飛び出し、近所のスーパーに向かうのだった。

◇

朦朧《もうろう》とした意識は、カレーの匂《にお》いで覚醒《かくせい》する。空っぽの胃にとどめを刺すようなこの匂いは、燃料切れの脳にも劇薬のように効いた。

跳ね起きる。

「あ、気がついた？」

俺の部屋の台所に立つ彼女は、手にお玉を持って振り返る。ラフな私服姿だ。スカートの裾《すそ》は短く、露出度はいつも通りに高い。しかしシンプルなエプロンとポニーテールにまとめた長い髪が、いつもと違う印象に思わせた。

「……咲耶？」

見覚えのない格好に戸惑う。

――なんで、咲耶が俺の家で飯を作ってる⁇　いや考えるまでもない、自明の理だ。この状況、料理が俺のためだとわからないのは馬鹿だ。

……待てよ。もしかして俺は今、めちゃくちゃ醜態《しゅうたい》を晒《さら》したんじゃないだろうか？

回らない頭で事態を理解した俺を、咲耶は呆《あき》れて見下ろす。

「まったく。せめて倒れる前に『助けて』って言いなさいよね！　なんのための友達だか」

俺は畳の上で姿勢を正す。人として言うべきことはひとつ。

「ありがとう。助かった」

「っ……ええ、わかればいいのよ。当然だし」

咲耶は台所に向き直る。

「待ってなさい。もうすぐできるから」

お玉を包丁に持ちかえ、危なげな手つきで料理を進める。

「えーと、あとはトマト切ってサラダを……あ、痛っ！」

悲鳴、指を切ったのだとわかる。うわ、バカ！　台所へ飛び込む。

「大丈夫か!?」

咲耶の腕を摑《つか》み、引き寄せる。目の前の、血の滲《にじ》む中指に顔を近付ける。咲耶は「ひゃっ」と、焦るように指を隠した。

「ゆ、指舐《な》めちゃダメ……！」

「しねえよ変態か！　深さ見てたんだよ!!」

結構ザックリと切れていた。……これ、最低でも三日は治らないぞ。

咲耶の不器用を指摘する気にはならない。俺のために料理をしてできた怪我《けが》だ、黙って見ていた側にも非があると言えなくもない。救急箱を取り出す。

「おまえ、確か回復魔法は使えないだろ」

絆創膏《ばんそうこう》を彼女の細い指先に巻く。

「ありがと……なんか、恥ずかしいわ……」

咲耶は少し赤くなっていた。わかるよ。包丁で指切るなんてベタなミス、恥ずかしいよな。

ひとまず、怪我人に包丁を持たせるわけにはいかない。

「続きは俺がやるから」

「えっ。飛鳥、料理できるの？」

「聖剣使えて包丁使えないわけないだろ。刃物なんて大体全部一緒だぞ」

「暴論だわ。料理できるかの答えになってないし」

「確か、死んだばあちゃんにひと通り教わってたんだよ。俺は味噌汁とか得意だ」

咲耶は不思議そうに俺を見上げた。

「じゃあなんで、ご飯作らないの？」

「……食わなくても人間、死なないから？」

「死ぬわよ。人間やめる気⁉」

俺は最強なのでその気になれば霞《かすみ》くらい食える……気がしたんだが、気のせいだったようだ。

猛省。

小言《こごと》もそこそこに、出来上がった料理を卓袱台《ちゃぶだい》に並べる。

久方の眩《まぶ》しい白米に、懐かしいどろりとしたルウ。大盛。断食後《だんじき》には重いメニューだが、俺は胃腸《いちょう》も強いので問題ない。

向かいに座る咲耶はじっと、こちらを見つめている。迷いなく食べる。

「美味《うま》い」

「ほんと!? よかった〜……」

胸を撫《な》でおろして、咲耶はようやく自分のスプーンを口に運んだ。

途端。う、と顔を引きつらせる。

「にがっ！ ルウ焦げ付いちゃってるじゃない！ お肉硬いし……まず……」

自分で作った飯に対して、容赦《ようしゃ》ない酷評《こくひょう》だった。

「大丈夫だ。異世界の飯より美味い」

「それは褒《ほ》めてないわ!?」

「や、マジで美味いよ。現世《こっち》帰って食った中で二番目に」

「……一番はなんなのよ」

「汁粉《しるこ》」

「はぁ？」

半分ほど食べ進めたところで。

「ねえ、聞きたいんだけど」

咲耶はカチャリと静かにスプーンを置き、切り出した。

「あなた、もしかして。……お金ない？」

断食の理由はわかりやすかったか。肯定の代わりに、曖昧《あいまい》に苦笑する。

咲耶は、む。と眉《まゆ》を寄せた。「知ってたらアイス奢《おご》らせたりしなかったのに……」

「なんでよ」

まあ飯まで作ってもらって、金欠の理由を説明しないのも不義理だ。

「別に、たいした話じゃない。中々バイトに受からなくてさ」

流石《さすが》に単発では何度か受かっているのだが。この辺、募集が少ないんだよな。

「え、自分で生活費出してるの？」

そういや前提を話してなかった。

「ああ、うち、親死んでるから」

さらっと。端折《はしょ》って説明をする。

ガキの頃の話なので記憶はない。ちなみに、親代わりの祖母も中学の時に他界している。

「一応、仲の良い親戚《しんせき》はいるんだけどな。会社潰したらしいからあまり頼りたくない」

そのせいで、異世界《むこう》から帰ってきたら俺の実家が更地《さらち》になっていたのには笑った。

一人暮らしの経緯は、以上。

「それだけだよ」

「それだけって……」

咲耶は絶句、という表情で。

「わはは、異世界も大概《たいがい》だったけど現世も現世でカスだよな！」

「気を遣って言わないでおいたのに!?」

「咲耶、知ってるか。自虐《じぎゃく》は不謹慎《ふきんしん》なほど笑える」

「最っ悪……！　センスどうかしてるわよ」

は──、と溜息を吐いて、咲耶は卓袱台についた肘に頭をもたれさせる。

……ふむ。できるだけ軽く聞こえるように言ったつもりだが、どうやら逆効果だったらしい。

「そんな状況なら学校通ってる場合じゃなくない？　大丈夫？」

もっともらしい咲耶の質問。確かに全日制の学校は少し重たい。

「けど。おまえが学校に戻るって言ったからな……」

「は、えっ⁉　それ、どういう意味」

……ヤッベ口が滑った。

「ふ、ふん。どーせわたしが異世界ボケしてやらかすと思ってでしょうけど！」

そういうことにしてくれ。

「まあなんだ。昨日ようやく新しいバイト受かったし、心配は要らないよ」

「あら、どこ？」「駅前の喫茶店《きっさてん》。ドアが緑の」「あ、知ってる」

咲耶はにんまりと悪だくみをするように笑う。

「……へえ、そこで働いてるんだぁ」

なんだその笑顔は。

訝《いぶか》しみながらも、話題を戻して打ち返す。俺も気になってることがある。

「咲耶の方こそ、なんで一人暮らししてるんだよ」

気になっていたのだ。二年前、文月《ふみづき》は遠方の実家から学校に通っていたはずなのだが。

どうして今は、隣のマンションに住んでいるのだろう？

「わたしも現世《こっち》に帰ってきてから、色々あったのよ。実家に居づらくなる、とか」

説明されなくとも事情は理解できた。二年の失踪《しっそう》は、人間関係に亀裂を入れるには充分だ。認識疎外《そがい》の魔法は噂《うわさ》を鎮めるのには役に立っても、家族や親しい関係には通用しない。俺たちのことが、相手の記憶にしっかり根付いてしまっているからだ。失踪まで含めて。

「記憶を消すまではしたくないの。大事な人の頭を弄《いじ》るのは、わたしでも罪悪感あるから」

咲耶は肩を竦《すく》める。

「ま、それが引っ越した理由ね。場所は、折角《せっかく》だからあなたの近くがいいと思って……」

「ん？」

「え？」

俺は食べる手を止め、話を遮《さえぎ》る。今、何か、すごいことを言わなかったか？

「俺はおまえが隣に越してきたのは、偶然だと思ってたんだが……」

咲耶は。かぁ……と赤面した。指を切った時よりも赤く、トマトのように。

「違うし！　ストーカーとかじゃないから！」

「いやもう言い逃れは無理だろ。引くわ～」

茶化す。いくら敵意があったとはいえやっていいことと悪いことが、さあ。

「まあ、友達が隣に住んでるのは嬉しいけどな」

そして皿の中は空《から》になる。話しながら、食べ終わったのは二人同時。

ごちそうさまの後に、俺は頭を下げた。

「改めて礼を言うよ。ありがとう」

助けてくれたこともそうだが、それよりも。しみじみと思ったのだ。

「誰かと飯を食うの、久しぶりだ」

「わたしもよ」

咲耶は、ふっと微笑《ほほえ》んで。

「ねえ。その、もしあなたさえよかったら――」

何かを言いかけて。はた、と停止。

「どうした？」

咲耶は虚空を見上げて、すんっと鼻を鳴らした。

「……なんか、くさい」

綺麗《きれい》な形の眉を寄せて、低く呟《つぶや》く。

「な、なんだ。ガス漏《も》れか？　風呂には昨日入ったし、掃除《そうじ》はマメにしてるぞ」

咲耶は首を横に振る。「ちがう……この部屋……」

「――聖剣くさい」

「は？」

どういうことだ？

「あなた、現世に聖剣持ち帰ってたわよね？」

「っ、ああ。けど、くさいって……」

「実際におうわけじゃないわ。感覚のたとえよ」

咲耶は補足する。「正確には『第六感がぞわぞわする』感じ？　魔力的な話だからわたし以外にはわからないと思う」

そうか、ならよかった……のか？

気休めもそこそこに咲耶は、ずい、と顔を寄せる。真剣な表情。

「ねえ。あなた、聖剣どこに隠してるの？」

「隠してるも何も……」

「悪いけど家探《やさが》しさせてもらうわ」

「なんで⁉」

咲耶は目の前で四《よ》つん這《ば》いになり、畳《たたみ》をめくろうとし出す。

「なんでって、見つけて粗大ゴミに出すんだけど？」

「な。おまえ、仮にも聖剣だぞ！　粗大ゴミは冒瀆《ぼうとく》だろ⁉」

「じゃあフリマアプリで売る」

「冒瀆だよ」

俺も包丁と同列扱いしたけどさ！　流石にそれは……！

けれど咲耶は止まらない。

「だって。わたしあの剣、嫌いなんだもの」

畳をめくるのは自分の力では難しい、と諦めたのだろう。咲耶は膝をついて、すすすと押入れの方へと向かっていく。

「待て、そこは――――！」

◆

わたしは押入れを開けて、首を傾《かし》げた。

「なに、これ？」

薄暗く湿った押入れの中。それらは、ひと目を避けるように仕舞われていた。

よれた雑誌類に、見たことない器具。柔らかそうなものから硬そうなものまで、一見何に使うのかわからない形の……。その中に、わかりやすいものが一つある。ダンベルだ。

つまり、何の変哲もない筋トレグッズ。それらが、押し入れに後生大事《ごしょうだいじ》に隠されていたものの正体だった。

わたしは筋トレ雑誌を端に除け、ダンベルをひとつ、手に取ってみる。

わ、意外と重………重っ!?　これ何キロあるの？

「あああ、見るな忘れろ……！」

後ろを振り返ると、飛鳥は。顔を隠すように、頭を抱えていた。

え、何その反応。

「なに？　なんで恥ずかしがってるの？　ただのダンベルでしょ？」

飛鳥は反駁する。

「恥ずかしいだろ、こんなの持ってるとか……脳筋みたいで！」

「落ち着いて。『みたい』じゃなくて、あなたはどこに出しても恥ずかしい脳筋よ」

わたしからしたらよっぽど、飢えて倒れることと、相変わらず着てるその変なTシャツの方が恥ずかしいわよ。羞恥《しゅうち》のポイントおかしいでしょ。

けど、一応考えてみることにする。一体何を恥じらっているのか。

………あ、もしかして。

「あんたって、異世界のこと『黒歴史』だと思ってる？」

飛鳥は顔を背けた。どうやら彼は嘘が苦手らしい。黙ってるときは、多分正解。

……なるほど。普段、異世界は卒業だと嘯《うそぶ》いている飛鳥だけど、わたしに魔女のプライドがあるように、彼も彼で元勇者の矜持《きょうじ》があったらしい。現世《こっち》に戻ってきても身体《からだ》を鍛えるのはやめられないのだろう。

けど、そもそも勇者時代《いせかい》そのものが彼にとっては黒歴史だ。つまり『鍛える＝黒歴史を自覚する行為』になるわけで。論理的帰結として、筋トレに羞恥心を感じてしまう、というわけだろう。わ〜、めんどくさい。

常人には理解しがたい理由で悶絶《もんぜつ》している飛鳥を前に、わたしは何故か呆《あき》れを通り越して、ぞくりと。嗜虐心《しぎやくしん》みたいなものを感じ始めていた。

「へえ……」

立ち上がり、彼の前へ。まじまじと見下ろす。

「そういえば飛鳥。この数ヶ月で現役《げんえき》時代より、貧相になったわよねぇ？」

ギク、と飛鳥は身じろぎする。

……正直、わたしはあなたが細かろうが逞《たくま》しかろうが、どーだっていいんですけど。そこはそれ、目の前に弱みがあるなら——つつきたくなるじゃない？

しゃがみ込む。耳元で吐息混じりに囁《ささや》く。

「いまさらこんなちっさいダンベルで涙ぐましい努力、大変ねえ勇者様？」

「やめろっその小《こ》っ恥《ぱ》ずかしい肩書で俺を呼ぶな！」

ぞくぞく。あ、なんだろ。これ、すっごく楽しいかも。

飛鳥はぎろりと青い目で睨《にら》みつける。……ちょっと怖い。けど、折角見つけた弱みだもの。

「黙っててほしいなら条件があるわ」

悪いけど、わたしは友達の弱みに付け込むことにする。

「なんだ……」と諦めたように言う彼《かれ》に。切り出すのは、さっき言おうとしたことの続き。

「これからお夕飯、わたしと一緒に食べて」

「……は？」

「さっきのカレーでわかったでしょう？　わたし、料理下手《へた》なの。練習するから、実験台になってくれない？」

「別に構わない、どころか、ありがたい話だが……」

納得いかなさそうに飛鳥は答える。

「それが、人の弱み握ってまで言うことか？」

いいえ、付け込むのはここからです。

わたしはにっこりと笑って言う。

「食費はもちろん、わたし持ちね。これが条件」

「折半」

「ダメよ」

それだとあなたに高いお肉とか食べさせられないじゃない。

飛鳥は呻《うめ》く。「俺にたかれっていうのか……」

うーん。友達に助けを求めるよりも黙って飢える飛鳥のことだ。その精神は、武士は食わねど高楊枝《たかようじ》っぽい。嫌がるのはわかってたけど。

「じゃあ。今度わたしに朝ごはん作ってよ。あなたの得意なお味噌汁、食べてみたいわ」

交換条件。ならどう？

飛鳥は降参、と手を挙げた。

「わかった。それで手を打とう」

契約成立。やった。

わたしは小さくガッツポーズした。


話がまとまった後、皿を片しながらふと。

「……ところで咲耶。訊きたいことがあるんだが」

「何？」

深刻な顔で、飛鳥は言った。

「おまえ…………なんでまだ窓から入ってくるんだ？」

質問の意図は、友達になったのにどうして正攻法で訪ねてこないのか。確かに、敵じゃなければ不法侵入する必要はない、でも。

「なんでって、わたしが魔女だからだけど？」

「⁇」

「言ったじゃない、わたし結構プライド持って魔女やってたって。正面から入るなんて魔女らしくないわ。ロールプレイ的にＮＧ。魔女は窓から入ってくるものなのよ」

「わかんねえ、その美学」

——たとえ友達になっても、わたしが魔女であることは変わらないのだ。

わたしは絆創膏《ばんそうこう》を貼ってもらった指を後ろに隠し、そっと撫《な》でる。

ちっとも痛くはなかった。

もう。

3

「それ。友達じゃなくない？」

翌日月曜の夕方、新しいバイト先の休憩室で。たわいもない世間話のつもりで、俺は日曜日に咲耶とあったことを話した。バイト先の同僚は「はあ？」という顔をして、そう言った。

同僚の名は笹木《ささき》慎《まこと》。同級生にして同僚、そして。

つい先日できた、俺の二番目の友人だった。

◇

——経緯はまず、二日遡《さかのぼ》る。この前の土曜日のことだった。

朝方、俺はバイトの求人を漁《あさ》りに繁華街《はんかがい》へ向かった。半端に栄え、それなりに寂びれた地方中小都市。この街でバイトを見つけるなら、自分の足で店を探した方がいい。

そうして俺は駅前で、目立つオレンジ頭の少女を見つけた。ぶかぶかのシャツとニットベストに、細っこい足元はスキニーとカラフルなスニーカー。いかにも休みの日に近所をぶらつく格好の、隣のクラスの生徒。寧々坂芽々《ねねざかめめ》だ。

芽々は路上の銀色の柵《さく》にもたれかかり、古い携帯ゲーム機を弄《いじ》っていた。

「何してんだ？」

芽々はゲーム機から顔を上げる。

「すれ違い通信です。すなわち現代の釣りですね」

釣りとは。

「太公望《たいこうぼう》ごっこ、実にエモな休日の過ごし方とは思いません？」

……深く突っ込むのはやめておこう。

「飛鳥《あすか》さんこそ、休みの日に制服でどうしたんです？」

「バイト探し」

「なるなる」

俺は常に露出が高い咲耶と違ってＴＰＯを弁《わきま》えた格好をするので、面接にだるいＴシャツを着ていったりしない。

芽々はふむー、と小さな顎《あご》に指を当て、言った。

「それなら、芽々にアテがあります」

銀色の柵からぴょんと飛び降り、ゲーム機をクマ耳付きのリュックに仕舞い、芽々は「ついてくるヨロシ～」と流暢《りゅうちょう》なエセ日本語で手招く。

行き先は駅前の裏通り。緑ペンキでドアが塗りたくられた、レトロな喫茶店《きっさてん》だった。こんなところに店があったのか。

「ウチの祖父がやってるお店です」

芽々は開店前の扉を躊躇《ちゅうちょ》なく開ける。身内にしか許されない暴挙だ。カランカラン。

「おじいちゃん～。労働基準法に許された資本主義のニュー奴隷《どれい》を釣ってきましたよ」

『新しいアルバイト見つけた』の言い方、癖《くせ》つよ。

カウンターに立つ初老の、ベストが似合う渋い店主は俺を一瞥《いちべつ》、サムズアップ。

「採用」

なんでだよ。

孫娘《めめ》の紹介なら間違いない、とのことで。あと「君、昔ウチの店に来てたでしょう。覚えてますよ」とマスターは言った。完全に縁故採用。

――そうして長きに渡る、俺の苦難に満ちたバイト探しは終わりを告げたのだが……。

シフトは週明けから、と面談を終え。今日のところは帰ろうと店の裏口から出た時、扉の先で人と鉢合《はちあ》わせた。

「あれ、陽南じゃん。裏口で会うってことは……もしかして、新しいバイト？」

短髪の男子生徒だ。同じ高校の制服にパーカー、髪を明るく染め、ピアスを開けている。一見軽そうな風貌《ふうぼう》だが、安穏《あんのん》とした目付きで、どうにも人畜無害《じんちくむがい》な雰囲気《ふんいき》がする。

「えーと」

誰だっけ。

「笹木だよ。ほら、陽南の斜め二つ後ろの席の」

……あっ、思い出した。

と同時に冷や汗が出る。目の前の笹木は、丁度《ちょうど》教室で咲耶と『友達の定義』について話していたところを見られた相手だった。

あの後、咲耶に『あんた人の気配とか感じ取れないの？　元勇者なのに』と呆れられたんだよな。生憎《あいにく》、そういう常在戦場みたいな機能は現世《こっち》じゃ切ってある。不健康だから。

気まずい空気に、笹木は苦笑する。

「おれの名前覚えてなかった？　陽南ってまじ興味ないよね、文月さん以外のクラスメイトに」

「悪い」

「いいよ、別に。今覚えてくれたら」

人の好《よ》さそうな顔で、ひらひらと手を振った後。

「で、陽南ってさ。文月さんとどういう関係なわけ？」

笹木は真顔で一歩踏み込んだ。その目に、真剣な野次馬根性を宿して。

「安心してよ。言い触らす気はないから。ただ、おれ、気になることがあると夜眠れなくなるたちでさ。昨日とか一時間くらい考えちゃったんだよ。二人がどういう仲なのかって」

「そんなに気になるものか？」

「だって。二人一緒に休学から戻ってきただろ？　なんでか知らないけど。事情ありそうなのに全然あんたら、教室で話さないし。なのにめっちゃアイコンタクト送り合ってるし」

え、そんなことしてたっけ。……してたなぁ。

以前、喧嘩《けんか》ばかりしていた頃。気付いたら咲耶がこっちを睨《にら》んできていたことがよくあった。睨まれたら睨み返すよな。威嚇《いかく》だ。負けねえ。

「それが急に、昼飯誘う仲になってさ。放課後に二人きりで秘密会議までしてんだから。気になるじゃん」

笹木は「黒板に何書いてたのか、字汚くてわからなかったけど」と余計な一言を付け足して、問い詰める。

「絶対、ただの友達じゃないだろ」

……い、意外と押しが強いな。

おそらく、笹木の好奇心は認識疎外《そがい》魔法の副作用だ。失踪《しっそう》そのものが認識できない代わりに、俺たち自身に関心が向かってしまったんだろう。なら仕方ない。

……個人的に笹木のことは憎めない。留年じゃなくて休学と言ってくれたから。多分いいやつだ。俺は自虐で留年って言うけど。

それにやっと手に入れたバイト先だ。これから一緒に働くとなれば、邪険に扱いたくはない。

「あー、あいつは、なんていうか……」

なんて説明しよう？　あいつは元宿敵で現戦友——駄目だ、現実で口にするには言葉が痛すぎる！

だが、俺は嘘が吐けない。吐いても下手《へた》だ。すぐバレる。できるだけ本当のことを、嘘にならない範囲で言うしかない。

散々迷った末に返答待ちも時間切れ。ええいままよ。俺は脳から答えを絞《しぼ》り出す。

そう、あいつは。


「窓から入ってくるタイプの、友達」


笹木は、目を丸くした。俺は沈黙する。

わかっている。完全に言葉の選択をミスった。いくら嘘が不得手《ふえて》だからって、もっと他に切り取るべき真実があっただろう、俺の脳味噌！

窓から人間が入ってくる苦悩に共感してくれるやつなんて、現世《このよ》にいるわけがないのだ。

だが。しばしの無言の間の後。

ずいっと詰め寄った笹木は神妙な声音《こわね》で、俺に言った。

「……おれも、幼馴染《おさななじみ》が窓から入ってくる」

「まじでか」

目を合わせ、一拍。互いに間合いを測り、笹木が口火を切った。

「あれさぁ、おれは危ないと思うんだよね！」

「ああ、他の人に見られたら危ないやつになるよな！」

「……ん？　いや、怪我《けが》したらどうする！　危ないって話だけど、それもわかるよ。ぱっと見泥棒だ」

「それな！　でもこだわりがあるのか、やめないんだあいつは。俺の事情は無視かよ！」

「こっちだって大変なんだぞ。部屋散らかせないし迂闊《うかつ》に服脱げないし」

「俺が裸族じゃなくて感謝しろよと思う」

「しかも、変な時間に入ってくるんだよね……」

「午前三時」

「それはまじでひどい」

笹木は溜息を吐く。

「けど本気で止めらんないんだ。なんだかんだで会いに来てくれるのは嬉しいから、さぁ……」

「わかるよ、その感情」

俺は頷《うなず》いた。

「……ああ」

「……うん」

語るべき言葉はもういらなかった。

「これ、誰にも言えなかったんだ」

「俺もだ」

意気投合。拳を突き合わせる。俺たちは友達になった。

まさか世に、窓で繋《つな》がる仲があるとは。いやあ、世間は広いな！　ありがとう現世……。

感慨《かんがい》にふけりながら、ふと気付く。

「ちなみにその、幼馴染って。もしや？」

咲耶以外に、窓から入ってきそうな無頼なやつには一人だけ心当たりがあるのだが。

「あ、知ってる？　寧々坂芽々って子なんだけど」

……やはり、おまえも窓から入ってくる非常識人間だったか。世間狭いな。

俺は納得し、寧々坂芽々への警戒度を一段回上げる。

バイトを紹介してくれた恩はあるが、それはそれこれはこれ。好んで変人とは関わりたくないものである。

◇

というわけで、笹木とは光速でめちゃくちゃ親睦《しんぼく》を深めたのだが――。

休みが明け今日、喫茶店の休憩室でバイト用の制服に着替えながら。

「いやだから。それ、友達というには無理あるだろ」

笹木は渋い顔で俺に言った。

「晩飯一緒に食べることになった、って言ったけど。陽南ら、さあ。いつも昼休み二人で昼飯食ってるよね⁈　そんで朝飯の約束もするとか……。うわ、三食毎日一緒じゃん」

はぁ～、と溜息か呆《あき》れか判別のつかない声を上げて。

「それは……もう、友達っていうか。それ以上のなんかだろ。恋人とか夫婦とか、なんか破廉《はれん》恥《ち》な名前が付くやつだ。ベタつきすぎ」

真顔。

「いや、いやいや」

飯についてはあくまで友達の協定内、相互幇助《ほうじょ》の範疇《はんちゅう》に過ぎない。はずだ。

「大体、朝飯はまだ一緒に食べてねぇよ」

「まだなだけだろ」

笹木は喫茶制服のエプロンを結びながらぶつぶつと言う。

「……おっかしいな。おれ、めずらしく同じ悩みを持つ友達ができたと思ったのに。なんで惚《の》気《ろけ》聞かされてるんだ……」

「なんか、すまん……。でも惚気じゃねえよ」

バイトもあるので一緒に飯を食うのは毎日というわけではないし。だから、セーフ。だよな？

支度《したく》を終え、笹木はキッチンに、俺はホールに入る。バイト初日だが、つつがなく仕事を覚えた。昔の飲食店バイトの経験を俺の身体《からだ》が覚えていたらしい。

そうして――客足も途絶えた、午後八時。カラン、と扉のベルが鳴る。

振り返る。

「いらっしゃいま――あ？」

そこには、彼女が立っていた。

「来ちゃった」

うわ、出た。


制服姿ではなく、肩の出た、余所行《よそゆ》き用の黒いワンピース。突然バイト先に押し掛けた咲耶はクールな微笑で、らしくないピースサインを作る。

「奇襲成功。驚いた？」

そういや、どこでバイトしてるのか聞かれたな。

「はあ……来るなら来るって言えよ」

「それじゃ奇襲にならないじゃない」

奇襲より報連相《ほうれんそう》の方が大事だろ。

今日の咲耶は、テンションは低いが機嫌は良さそうだ。まじまじと俺を見て、「ふうん」と品評するように腕を組んだ。

「いいじゃない、その制服。学校の制服でも思ってたけど、あんた制服は似合うのね」

「ありが……素直に褒《ほ》められないのかおまえは？」

咲耶はくす、と笑った。

「もう一生制服だけ着てれば？」

「おう一生留年しろってんのか」

失礼なやつだな。

◆

わたしはカウンターの丸椅子《まるいす》に座る。

喫茶店の古時計が示すのは午後八時。夕食にしては遅めの時刻。もっと早く来ようと思ってたのだけど、家を綺麗《きれい》に片していたらこんな時間になっていた。

ほら、昨日わたしは飛鳥の部屋に遊びに行った（？）わけで。となれば次はわたしの家に招くのが作法《さほう》というもの。そう、次こそは美味《おい》しいカレーを作ってわたしが彼を家に呼ぶのだ！

あと今日何着ていくか迷って、服をとっかえひっかえしていたからです。

……ふふ、浮かれ過ぎていて恥ずかしいわ、わたし。存在が。

「ご注文は」

店員にしてはそっけなく飛鳥は言う。スマイルはタダでも、タダより高いものはない。

わたしはメニューを流し見て、即決。

「カレーをお願い」

「また？　飽きないか？」

「大丈夫、心をインド映画にすれば毎日だって食べられるわ」

「はあ⁉」

わたしが作ったカレーはいまいちだったし。お店のを食べて勉強しなくちゃ。それに、自分用のご飯に栄養バランスはいらないのだ。

カウンターで注文を待つ間。わたしは頰杖《ほおづえ》をついて、働く飛鳥の様子を眺めていた。実はバイト先に突撃するのって、

（ひそかに夢だったのよね……）

昔、わたしがほんのりと彼を好きだった頃。二年前の彼が――陽南君が、ファミレスでバイトしていたことは知っていたけど、あの頃のわたしがそこに行くことはついぞなかった。

わたしたちは、友達ではなかったから。少し気になる相手、というだけでバイト先に押し掛ける無作法は、優等生としてもお嬢様としてもロールプレイ的にNGだったから。

だけど今は違う。『友達』という免罪符《めんざいふ》がある。わたしたちは今、大手を振って遊びに行ける関係なのだから！　バイト先に押しかけたって、いいはず……！

と、飛鳥に視線を送る。飛鳥はわたしの視線に気付いて、ぱくぱくと口を動かした。

「（なーにこっち睨《にら》んでんだよ）」

「（は？　睨んでないし）」

見つめてただけなんですけど。

　ちなみに、お互い唇の動きくらいは読める。異世界帰りなので。読唇術《どくしんじゅつ》は基礎教養。

（それにしても……）

　わたしは飛鳥の姿を見て、思う。

　喫茶店《きっさてん》の制服、似合ってるな……。シャツとエプロンの、清潔な白黒が目に眩《まぶ》しい。包帯は流石《さすが》によくないからか、上から手袋をしているけど。普段の酷《ひど》い私服とのギャップも相まって、八割増しで素敵に見える。

　別に、飛鳥は見た目がいいわけではないと思う。昔から存在感が希薄で、目立つ誰かの影に埋もれるタイプだったけど。一度、異世界で気配を消す癖《くせ》がついてしまったせいだろう、戻ってからは更に存在感が薄くなった。だから友達できないんだと思います。

　それに不健康と不景気が滲《にじ》み出た顔色。深い隈《くま》に悪い目付き。長い前髪は常に目元に影を落としている。存在感がなく、影が濃い。見た目からの第一印象は、むしろ悪いだろう。

　でも、よくよく見れば顔立ち自体は割合整って、ないこともない。身体つきだって、そりゃ大剣を悠々《ゆうゆう》と振るえるくらいだもの、悪いわけがなく。大抵の（まともな）服は似合うのだ。

　わたしは溜息を吐いた。はあーあ。

「一生制服着てればいいのに……」

　変な服着るのやめろほんんと。

　あいつ……将来的に、異世界ボケさえ治ったら、女の子にモテたりするんじゃない？　知らないけど。別に、未来のことなんてわたしには関係ないけど。

……何故か、考えるともやもやする。

正体不明の不機嫌に乗っ取られて、気付けばわたしはおもむろに携帯端末《スマートフォン》のカメラを起動していた。

——そういえばあったたっけ。写真を撮ると、魂を閉じ込められるって話。

わたしはスマホを構え、照準を合わせ、シャッターボタンを押す。アルバムの中に彼の姿を保存《とじこめる》する。

「……ふふ」

写真を撮ると、何故だか溜飲《りゅういん》が下がった。

ひとまずこの写真の中の飛鳥は、わたしのものだ。わたしの。

——って、これ、隠し撮りじゃん！

わたしは自分で自分のしたことにびっくりして、スマホを取り落とす。完全に無意識で一連の動作をやっていた。

なんで？　こ、怖い……自分が……！

友達契約って、オプションに盗撮許可、付いてたっけ⁇

（……絶対違う）

わたしは頭を抱えた。これじゃいよいよ本当にストーカーじゃない！

「お待たせしました」《なにやってんだよ》

音もなくカウンターに運ばれたカレーライス。現実に引き戻すその香りに、ほ、と息を吐く。

お皿の隣には頼んでない、アイスの載ったコーヒーフロートもあった。

「……あれ？」

飛鳥は「ん」と、カウンターの端の席を手で示す。

「『あちらのお客様からです』ってやつ」

二つ隣の席で、オレンジ髪のお人形みたいな女の子がひらひらとわたしに手を振っていた。


芽々。そう名乗った女の子とはじめましての挨拶《あいさつ》をする。ちんまりと椅子に短いスカートを広げて、スニーカーの厚底をようやく足置きに届かせた芽々は、垢抜《あかぬ》けないフレームの眼鏡《めがね》さえ似合ってしまうかわいらしい女の子だけど。どことなく、変わり者の雰囲気《ふんいき》がする。

差し入れの後、芽々は二つ分の席を詰めてわたしの隣に移動する。

「突然でびっくりしましたよね。うちのカレー、結構辛《から》めなので甘いのと一緒がいいんですよ。コーヒーお好きだって、いちお飛鳥さんから聞き込みしてたんですけど、大丈夫そうでした？」

あ、あれ？　意外と……まともそう？

拍子抜けしながらコーヒーフロートのお礼を言う。

「えへへ、一回やってみたかったんですよね～。『あちらのお客さんに』って。……お近づきになりたい人相手に」

ニコッ。と、無邪気に笑った。小柄な芽々は、さながら人懐こい小動物で。

……か、かわいい。

自分が、背が高くて悪役顔ばかりしてきた、かわいげのないタイプだからだろうか。わたしは小さくてかわいいものに弱かった。

きゅるんとした瞳に吸い込まれそう。別に目に魔力があるわけでもないのに。

……いけない。わたしは警戒心を取り戻す。

「わたしに何か、話でもあるの？」

かわいさに気を取られて忘れるところだった。今更、わたしに普通の子が近付いてくるわけない。失踪《しっそう》の件を差し引いても、二つ年上の同学年なんて高校では存在が厄《やく》ネタだ。触らぬ神に祟《たた》りなし扱いが、多分普通。

芽々にはきっと、裏がある。

「そうですね～。まずはベタに、ご趣味は？　とか聞いてみちゃったり」

何が狙いか知らないけど、簡単には屈しないんだから……！

――そう、思ってたんだけど。

数分後。

「え。咲耶さんも、ホラー映画見るんですか！　芽々、オカルト系好きなんです。この二年で出たのだとコレとコレがちょ～当たりで、一見にしかずなんですけど……え、もう見てる!?『原作も読んでる』って、まじですかっ。じゃあこっちの動画は――」

弾む話。芽々はごくり、と息を呑《の》んだ。

「……咲耶さん、さてはイケる口ですね？」

――この子、すっごく、趣味が合う。

異世界から帰ってきたらすることといったら、決まってるよね。二年の間にオートで溜まった積み本と積み映画を崩すことです。

芽々と話すうちに気付けば、わたしは長年隠していたホラー趣味まで引き出されていた。

……猫、被《かぶ》り忘れたな。もちろん、芽々が話しやすい子というのもあるだろうけど。

いつの間にか素を出すこと自体が、怖くなってきたのかもしれない。悔《くや》しいけど飛鳥のおかげで。

それに素を隠して生きてきたわたしには、趣味が合う女の子、というのは初めてで。

……今更ロールプレイとか、どうでもよくない？　いい気がしてきた。たとえば芽々に何か狙いがあったとして。所詮《しょせん》、普通の高校生。これが罠《わな》だとしても、かかっていい。いいよね？

――だって。

芽々は瞳をきらきらと輝かせて、わたしの手を取る。

「咲耶さん、いえ、サァヤ！　今度一緒に遊び《デート》行きましょう！」

初めての、女友達（とてもかわいい）の誘惑に、勝てるわけがなくない？

「ええ、もちろんよ。芽々」

……ああ、気付いてしまった。わたしは多分。

――根本的に、ちょろいのだ。

時間も忘れて話に花を咲かせる内、段々夜も遅くなっていく。閉店時間の夜十時、間際。

「あちゃ。もうこんな時間ですか。引き留めちゃいましたね」

「ううん、楽しかったわ。話しかけてくれてありがとう」

そろそろ帰ろうと立ち上がったわたしに、飛鳥がカウンターの向こうから声をかけた。

「咲耶、ちょっと待ってろ。もうすぐバイト上がるから。帰り、送っていく」

「へえ、夜道の心配してくれてるの？」

「は？　おまえに遭遇《そうぐう》する不審者を心配してだが？」

む。別に返り討《う》ちとか、はしたないことしないし。怖いから普通に通報するし。

「わかったわ。仕方ないので送られてあげます」

「ああそうしろ」

裏にはけていく彼を見送ると、隣で芽々がじ～っとこちらを見ていた。

「どうしたの？」

「いーえ。ただ、ちょっと気になって」

「サァヤって、飛鳥さんと付き合ってるんですか？」

何気なく投下されたその、爆弾《しつもん》に。わたしは、

「こっふ」

血を吐いた。びっくりして舌噛《か》んじゃった……。

「はぇっ、大丈夫ですか!?」

オロオロと紙ナプキンを差し出す芽々。

「大丈夫、ちょっと口内炎が爆発しただけ」

「爆発!??」

嘘です。でも舌噛み切ったって本当のこと言うよりはマシだろうから……。

血を拭いて、平静を取り戻したわたしは、軽く手を振って否定する。

「付き合ってるとか、ないない。ありえないわ」

わたしがあいつと？　まさか。

「タイプじゃないもの」

自分でも驚くほど淡々と返した答えに、芽々は、こてん、と首を傾《かし》げた。

「じゃあ、サァヤはどんな人がタイプなんです？」

「そうね――」

手元のスマホに目を落とす。

「字が綺麗《きれい》で赤点なんて取らなくて、脳筋じゃなくて眼鏡が似合う、わたしより背の低い人」

画面の中にはさっき隠し撮りした飛鳥の写真がある。わたしより背の高くて青い目をした、

察しが良くて頭が悪い、わたしのことを誰よりも知っている人。

（ほらね、全然違うでしょ？）

ガリ、と画面を爪で引っ掻《か》いた。

――だからありえないのだ。絶対に。

4

咲耶に送っていくと言って、裏に戻る時に聞こえた芽々の声が脳に引っかかっていた。

『付き合ってるんですか？』

少し前に咲耶と友達の定義を詰めたのは適切な距離感で、適度に仲良く、健全な友人関係を築くためだ。そのはずだったのだが。

『それ。友達じゃなくない？』

……さて、俺たちは友達の定義を定め損《そこ》なったのだろうか。

人間関係のブランクが長いせいで、友達としての正しい距離感がわからない。普通の友達は、三食一緒に食べる可能性を日常的に保持したりしないらしい。

これからは不用意な発言は控えるべきだな。誤解されるのは咲耶に失礼だろう。俺は別に困らないが。

もし、誤解されるほど俺たちが仲良くしすぎているというのならば――距離を、少し取るべきなのかもしれない。

そんなことを考えながら、バイト終わり。俺は裏口から出る。

目の前は街灯の光差し込む薄暗い路地。閉店間際のこの時間、人通りは気配すらない。先に外で待っていた、咲耶はすぐに見つかった。

「にゃ〜……」

——ちっとも似てない猫の鳴き真似《まね》と共に。

路地には野良猫がいた。俺を待っている間に見つけたらしい。咲耶は三毛猫の前でしゃがみ込んでいる。

俺は後ろから、無言でカメラを起動し。録画ボタンを押した。

「な〜ん……この声じゃダメ？　ほら、こっち。ちちち……」

咲耶は猫に手を差し伸べ、構ってもらおうと奮闘していた。ワンピースの裾《すそ》が地面すれすれで、汚れないか心配になる。

しかし努力も虚《むな》しく、猫はフシャーッと毛を逆立て路地の向こうへ去っていく。

「ああ〜！　逃げないでお願い！」

く、と笑いを堪える。咲耶はまだ、後ろの俺に気付かない。

「うう、どうして動物に嫌われるの……。わたしが魔女だから？　魔女なのがいけないの？」

「それ関係あるか？」

はっ、とようやく咲耶は後ろを振り返った。俺を見て、構えたスマホを見て、青ざめる。

「まさか、撮ってた？」

「ああ、ばっちり」

録画停止ボタンを押す。

「おまえバイト中、俺のこと撮ってたろ。仕返しだ」

「う、あ……」

うろたえた咲耶の顔色は、青から赤に信号のように様変わり。立ち上がり、小さく叫んだ。

「禁止、禁止よ！　わ、わたしを無許可撮影するとびっくりして死んじゃうんだから!!」

「水族館の魚か、おまえは」

「覚えておいて、わたしの深海魚根性を……」

「何言ってんの？」

「……勝手に撮ってごめんなさい」

しなしなとしぼむ咲耶。

「別に、いいだろ。友達なら写真くらい好きに撮っても」

普通だよな。

「……盗撮許可付き!?」

「は??」

「こほん、今のなし」と、咲耶は口元を押さえる。その隙《すき》に俺は動画を確認。ちゃんと撮れているだろうか。

動画から『な～ん』と鳴き真似が再生される。咲耶は絶望の表情を浮かべた。

ふむ。どうやら俺は猫派だったらしい。新たな発見だ。

「あああ……やっぱりダメ!!　恥ずか死ぬ！」

咲耶は俺のスマホを奪おうと手を伸ばした。が、回避。奪うには腕の長さが足りてない。

「消して！」

「嫌だ」

「なんで～!?」

じゃれ合いながら、思う。

なんか。最近の彼女は、油断と隙だらけだな。

元々敵だった頃から（全然違う方向に魔法を落とすなど）、どこか抜けているところがあったが――今は、特に。気を抜いているのがわかる。

彼女が張り詰めた空気をまとわなくなったのは、俺たちが正式に友達になってからだと気付いて。振り切れた。

……まあ、関係ないな。別に、『本当に友達なのか』と聞かれたって。

たとえ周りからどう見えようと。俺たちの関係は、俺たちが決めればいいものだよな。

口の端を緩《ゆる》めた。

一方で、咲耶は唇を引き結び、左目の前に手を構える。魔法の予備動作だ。

「…………」

じとり。

おっと、からかいすぎたか。

「待て、話し合おう。名案がある」

はぁ、と溜息を吐いて。咲耶は一旦腕を下ろす。

「聞きましょう」

「暴力はよくない。喧嘩《けんか》しそうな時はシンプルかつ平和的に、勝負で決着をつけよう」

「ゲーセンの時と同じね。異論はないわ」

だが、揉《も》めた時に毎回格ゲーで勝敗を決めるわけにもいかない。そこで、代用。

「じゃんけんだ」

咲耶は不服そうに「はあ?」と声を上げた後。

「……確かに、勝率を考えると公平かも?」

と、納得した。

「よし! やるぞ一発勝負だ恨みっこナシなじゃんけん――」

「ま、早っ……!」

じゃんけんの必勝法と呼ばれるものがある。人間が反射的に出す手はグーであり、相手に考える隙を与えずこちらがパーを出せば勝率があがる。

だがそこは彼女も修羅場《しゅらば》を潜っているというべきか。勝負強く、パー読みのチョキを繰り出した。しかし、俺は拳を握り込む。グー。当然のように俺の勝ち。

咲耶はお互いの出した手を、じぃっと見つめて。

「……あんた今、動体視力《チート》で後出しした？」

バレたか。

「実はこれは、俺が絶対に負けない名案だ」

――そう、結局は小手先など無意味。後出し《チート》こそが真の必勝法である。

所詮《しょせん》、現世《このよ》も異世界《あのよ》も勝ったやつが正義なんだよ！

「…………」

ぷつん、と。血管が切れる音がしたような気がした。

彼女は最早、予備動作なしで左目を赤く輝かせる。

「そう……そっちがその気なら。物理的にデータを消すまでよ」

スマホ破壊宣言。げっ。

「まじかよっ……いくらだと思ってる」

俺の全財産より上だぞ!?

「大丈夫。最新式に弁償したげるから」

「よくねえ！　クソッ負けたくせに往生際《おうじょうぎわ》悪いなおまえ！」

「お黙り卑怯《ひきょう》卑劣《ひれつ》バカ！　どの口で！」

「待て、話し合おう！」

「その手にはもう乗らねーわよ！」

手を、拳銃のように構える。

「──『弾けろ』」

場違いな異世界語の呪文。淡い魔力の弾丸が精製されていく。

──こうなったら、正直に言うしかない。

「俺は消したくない。なんでって」

それは、あの動画が。

「かわいいと思ったからだ！」

主に猫が。だが、半分くらいは咲耶もかわいいと認めてもいい。

友達ならば褒《ほ》め言葉を受け取って、素直に武器を収めろ！

だが、彼女は。

「～～～！」

がち、と勢いよく歯を噛《か》み締めて。口の端から血を流し──。

魔法を、暴発させた。

魔力が満ちている異世界とは違い、現世では魔法の威力が下がる。

彼女の放つ魔弾も、ここじゃちょっと吹っ飛ぶデコピン程度の威力しかない。
――はずだった。
彼女の口から流れる血。魔女の血には、強い魔力が含まれている。
その急激な魔力に反応して、魔法は暴発。威力が上昇する。
銃弾の如く。
――それでも、俺ならば辛《かろ》うじて受け止められただろう。
狙い通りに彼女の魔法が、俺に当たっていれば。
暴発した魔弾はもはや制御不可能《ノーコントロール》。
弾道の先は俺の上を通り抜け、後方、店の建物の方へ。頭上、二階の窓を破壊した。
「あ……！　ごめんなさっ……」
ガシャン、と窓ガラスが割れる。と、同時に。
割れた窓の真下、裏口の扉が開く。
出てきたのはバイトを終えた笹木と、幼馴染《おさななじみ》の芽々。
「え？」
真上から降り注ぐ、大きなガラス片に二人は立ち尽くした。
――拙《まず》い。
庇《かば》おうにも遠い。間に合わない。
「悪い」

魔法を放ったばかり、青ざめた彼女の身体《からだ》にはいまだ魔力の残滓《ざんし》が残っている。素肌の露出した肩を、右手で掴《つか》む。バチリと静電気よりも凄《すさ》まじい音。

彼女の魔力に呼応して、腕から青い閃光《せんこう》が弾ける。

「ッッ」

軽く掴んだにもかかわらず、彼女が上げた痛みの声から今は耳を背け。

「──『来い』！」

異世界《むこう》の言葉で叫んだ。

剝《む》き出しになった腕の中に、剣が現れる。ここまで、〇・二秒。

右手の『聖剣』を振るう。走る剣閃は青く光り、埋められない距離を埋め、彼らの頭上に降り注ぐガラスの雨を吹き飛ばした。

◇

足元に散乱したガラス片を前に、困惑する笹木たち。

「……え。何が起きてんの？」

「どうやら、助けてくれたっぽいですね～？」

まもなく事態を認識して、二人の目線が、こちらを向いた。

剣を召喚した衝撃で、包帯が解けている。鉛色《なまりいろ》の右腕が見えているのは、今はいい。

──ここで彼らに見られたすべてのことを、誤魔化《ごまか》すのが最優先。

「咲耶、あいつらの記憶、消してくれ」

後ろの彼女に目をやって。ぎょっとする。

へたり込んだ彼女の頭には、角が生えていた。

（……な）

その角《つの》は、魔女の証《あかし》だ。異世界にいた時の彼女にはあった。現世に帰ってからはなくなっていたはず。

それが何故、今になって──。

だが、それを聞く暇は今はない。

青ざめながら、咲耶は頷《うなず》く。

「え、ええ。わかった」

先に魔法で割れた窓ガラスを直し、証拠を隠滅《いんめつ》。

そして再び、魔法を使って記憶を消そうとした時。

芽々が、前に飛び出す。

「待ってください！」

わかるよ、いきなり記憶消すとか受け入れられないよな。だが、見られたからにはただで帰すわけにはいかない。──こんな光景、受け入れられるはずがないのだから。だが。

芽々の横で俯《うつむ》き震えていた笹木は、顔を上げた。

すげー!!!

「す、すげ――――！」

――歓声と共に。

……は？

◇◇

笹木慎は、普通の高校生だ。どのくらい普通かというと、普通な見た目が嫌で、高校デビューに際し髪を染めピアスを開けるくらいには。

趣味：アニメ鑑賞のオタクがやる格好じゃないな、と三つ目のピアスを開けた後で思ったが、手遅れなのでそのまま貫いた。

サブカルな幼馴染も「ヤバいファッションは逆にオタクっぽいのでアリです」と言ってたし。

――普通であることは、退屈だ。笹木はそう、思っている。

しかし高校二年に進級してから笹木は退屈していなかった。同じクラスに、明らかに普通じゃないやつがいたからだ。

陽南飛鳥。目付きの悪い年上の同級生。休み時間は寝るか窓の外を眺めるか勉強するかしかしていない、暗い奴。

笹木が陽南のことを気にするようになったのは、四月初めの体力測定で、あいつが握った握力計をおもくそ破壊した時だった。

「……あ」

だらだらと冷や汗を流しながら、教師に報告する陽南。

「スー……………なんもしてないのに壊れましたぁ…………」

嘘が下手《へた》すぎる。全員見てたわ。

あと、シャトルランで永遠を体現しかけたりもしていた。隣の女子エリアで文月が、必死に『そろそろやめなさい!』と合図を送っているのを、笹木は見た。

(なんか……見てて退屈しないな。あの人ら)

その一件の後、陽南は「祖母の遺言《ゆいごん》で球技禁止で」「右肩がえぐい筋肉痛で」などと、珍妙な言い訳をしながら体育の授業から逃げ回っている。

クラスメイトは「あいつを体育祭までに引き摺《ず》り出せ」と裏で躍起《やっき》になっているが、誰も声をかけない。

「流石《さすが》にあの目付きはやばすぎる」「あれは人殺してる」「人の頭林檎《りんご》みたいに潰しとる」等、言って。確かに目は死んでるけども。

(別に、文月さんと話しているときは普通の目だよな……)

——実は本職殺し屋とかやろ、いや紛争地帯で傭兵《ようへい》やってたんじゃ——と、顔を突き合わせて陽南の正体について議論する同級生たちに。

笹木は失笑した。

「おまえら、アニメの見過ぎ」

――現実はもっと普通で。もっと退屈だろう。

本当は自分も、あいつの正体が面白いものだといいと思ってるくせに。

でもそんな、面白いことなんて身近には起こらないと、現実を知っている。

笹木のそれは諦め故の冷笑だった。


だから今。

喫茶店《きっさてん》裏の路地で、彼らの正体らしきものを目《ま》の当たりにして。

叫びながら、笹木はただ純粋に、こう思ったのだ。

(は？　くそかっけえじゃん)


――現実って、最高！

◇

俺は戸惑った。

「すげー、マジの剣だ！　エクスカリバーじゃん！」

何故か興奮している笹木に、そして。

「その腕どうなってるんですかっ。ターミネーター？　やば！」

おい芽々。おまえもか。

芽々はいそいそとスマホを取り出しパシャパシャと連写する。

「あれ、写真撮ると真っ黒になっちゃいますね……残念」

おず、と咲耶は立ち上がり、訊く。

「え——と……あなたたち、驚かないの？」

笹木たちは顔を見合わせ。あまりにも真っ直ぐな瞳で、答えた。

「おれ、オタクだから」

「芽々、サブカルなので」

「は？」

どゆこと？

「オタクたるもの、ある日突然ファンタジーシチュに遭遇《そうぐう》するのは夢だからね」

「その時に備えて、シミュレーションはばっちりです。動じません」

「見て、夢が叶って鳥肌。まじで立ってる」

「やっぱ本物はクオリティ高くて参考になりますね～！　コスプレの」

はしゃぐ二人に、ついに咲耶も困惑した。

「ええ……？」

「そうじゃねえだろ」

そうじゃねえだろ。（二回目）

笹木は、ようやく。「はっ」とした。

「そうだった。言い忘れてた。助けてくれてありがとう、陽南！」

「お、おう？」

「窓も直してくれたんですね。サァヤ好き！」

「いや、わたしが割ったからマッチポンプなんですけど……？」

だから、そうじゃなくて――。

「あ、このことは秘密だよな。勿論《もちろん》だよ！」

「絶対誰にも、しーっです。任せてください」

そうして二人は、元気よく手振って、帰っていった。何事もなかったかのように。


取り残された俺たちは路地で、立ち尽くす。

…………。

我に返って、叫んだ。

「あいつら、変だ!!」

なんだあの適応力！　おかしいだろ!!　ツッコめ、疑え、ちょっとはビビれ……！

毒気を抜かれた。今からあいつらを追いかけて、首根っこ引っ摑《つか》んで魔女に記憶を消してもらう気にもならなかった。

まあ、異世界《むこう》の証拠は写真に映らないらしいし、世に漏洩《ろうえい》する心配もないだろう。

しかし普通、目の前に思いっきり銃刀法違反を犯している人間が現れたら、怯《おび》えるもんだろ。なあ？

と、俺は握りしめた『聖剣』を見る。

両刃の大剣だ。見た目よりは軽くも確かな重量、鈍い鉛色《なまりいろ》の刃《やいば》には青白い光が回路のように走っている。ファンタジーというよりは近未来的で、正直——趣味が合わない。

こんな剣、絶対切腹しにくいだろ。やっぱ刀しか好きじゃない。

大きく溜息を吐いたところで。

あと、二つほど。問題が残っているのを思い出した。

「ねえ、どういうこと」

背後から咲耶が低く俺に問いかける。

振り返る。いつの間にか彼女の、頭の角は消えていた。

「なんで聖剣が——」

彼女は俺の握る剣と、剣を握る俺の腕を見て、表情を消す。

「——あなたの腕の中から、出てくるの」

己の右腕は生身のそれではなかった。

二の腕から先、包帯で隠していた中身は聖剣と同じ鉛色の金属でできていた。

答えは、単純。

右腕は剣だった。

正確には、剣の鞘《さや》にあたるとでも言うべきか。

『戻れ』と異世界語で唱えれば、聖剣は光となり腕の中へと消えていく。

「現世《こっち》じゃ魔力が足りなくて抜けないはずだったんだけどな」

あの時一か八か、咲耶の身体《からだ》に触れた。魔法を放ったばかりで、強い魔力の残滓《ざんし》が残る魔女の身体に。その魔力に反応して、久々に聖剣を呼び出すことができたようだ。

「そういうことを聞いてるんじゃない！」

「別に、ここで話すことじゃないだろ」

俺の右腕がなんで剣なのか、とかさ。

剣を振るう際に投げ捨てた荷物を拾おうと、咲耶の方に一歩近付く。

その瞬間、彼女はビクッと肩を震わせた。

――そういえば。彼女は、この剣が嫌いだと言っていた。

聖剣は元々、魔女を倒すための武器だ。不愉快なにおいがするとまで言っていたくらいだ、彼女とは相性が悪い。斬るまでもなく、少し触れただけで痛みが走るほどに。

「……悪かった、さっきは触れて」

足を止める。近付かない方がいいだろう。

たとえ今は友人だとしても、この剣がある限り、元は敵同士ということに変わりはないのだと思い出す。

……もっと早くに気付くべきだったな。

「帰ろうぜ。余計かもしれないが約束だ、家までは送らせてくれ」

背を向け、距離を取って、先に歩き出そうとして。

「待って」

彼女の手が、俺の左袖《ひだりそで》を、力なく引いた。

「話。ここじゃないなら、いいのよね」

か細く、震える声。


「お願い——今夜、わたしの家に来て？」


断る理由は思い付かなかった。

逃げるのは不義理だ。それにこちらも、訊きたいことがある。

振り返らずに答えた。

「わかった」

四章

夜が明けるまでは側にいて。

first love
come in
the window.

1

帰路。

繁華街《はんかがい》を外れると緩《ゆる》やかな上り坂となる。学校、それから彼女と俺の家がある方角。

空は重く曇り、夜道を照らすのは僅《わず》かな外灯のみ。塀《へい》に囲まれた静かな道を二人きり歩く。間は、人ひとり分。

……気まずい。

家まで送る、と言ったものの。隣の咲耶《さくや》は言葉なく、俯《うつむ》いたまま微《かす》かに覗《のぞ》く表情は夜の中でもわかるほど暗い。……いや、深刻というべきか。

——まるであの時みたいだな、と思う。

異世界から帰ってきたばかりの時。俺たちはまだ友達ですらなく、仲は険悪そのものだったが。ワケあってこうして、夜道を共にしたことがある。同じように無言で。

並んで歩く、間に空《あ》けた距離にはかつてと同様、重たい不穏が横たわっていた。

話を始めるのは彼女の家で、と決めたはずが、沈黙に耐えられなかったのは俺の方だった。

「なあ」

足を止める。一歩先を行った彼女は振り返る。

「なに」

不機嫌を絵に描いた表情。けど少し声が震えている。

俺は意を決して、切り出す。

「さっきの事件のことだけど。俺たち、さぁ――出来のヤバい実写化映画みたいじゃなかった？」

「……は？」

震えず、とてもよく通る「は？」だった。弁明する。

「いやぁ、シュールな絵面《えづら》だったよな。現世《こっち》でいかにもファンタジーな武器を出すのは。異世界《むこう》じゃ気にならなかったけど、おまえの角《つの》もCGかよって感じだし。俺の腕もナマで見ると、我ながら違和感がすげえわ……」

俺は右腕を持ち上げる。手袋はしているがさっきの騒動で包帯は解けたまま。袖の隙間《すきま》からは金属の反射光がチラつく。うわっ不自然。色、キショッ。ぐっと袖を引っ張る。

咲耶は、

「はぁ～～～。あんたねぇ……」

呆《あき》れ返ったように額を押さえ、

「その言い分、一概《いちがい》に実写化映画の悪口を言ってるように聞こえて気にくわないわ。時間が許せばその偏見をブチ壊す実写化映画十本ノックを始めてるところよ」

と、ここまで矢継《やつ》ぎ早《ばや》に言った。

「……オタク？」「そうよ！」

こほん、と小さな咳払《せきばら》い。

「ともかく！」

表情は陰鬱《いんうつ》ささえ感じさせるほど生真面目《きまじめ》に。彼女は静かに声を潜める。

「……なんで、黙ってたの」

俺たちが異世界で、直に顔を合わせたのは最終決戦の一度だけ。互いが異世界《むこう》でどんな二年を過ごしたかも、互いの武器も魔法の仕組みもろくに把握《はあく》していない。

だから彼女は知らなかった。

「その、腕のこと」

俺の右腕が二年の間に義手になっていたことも、それが形を変えた聖剣であるということも。

自分の金属製の腕を摑む。感覚はなく、硬く冷たい感触だけがある。

――何故、隠していたのか。

「決まってる」

彼女の問いに答える。

「——恥ずかしいからだ!!」

「??」

咲耶は最早、『は?』とも言わなかった。ぱちぱちと瞬きをして、訝《いぶか》しげにこちらを見上げる。

「説明」

求められた。ご近所に気を遣った声量で、心のまま叫ぶ。

「だっておまえ。いい歳《とし》こいて『腕に聖剣ついてる』ってどんな顔して言えばいいんだよ。『俺の封印されし右腕には隠された力が……』って感じになるだろ! 中二病とか通り越してなんか、すごいだろうが。恥《はじ》が!!」

——そんな、俺の現在進行形の黒歴史を、言えるわけがないだろう!

咲耶は、「ああ、はい……」と頷《うなず》いて。

「あんた、やっぱり羞恥《しゅうち》のポイントおかしいわ」

とびきり白けた顔で言った。

「普通に言いなさいよ普通に……ていうか包帯ぐるぐる巻きなのは恥ずかしくないわけ?」

「包帯も恥ずかしいよ」「恥ずかしいのかよ、だわ」

いや、とってつけるなお嬢様言葉。諦めろ。

バレたからにはこの際だ。溜まっていた鬱憤《うっぷん》まで明かすことにする。

「まあいいんだ、戦闘で腕取れたから新しいのをつけるのは。必要なことだ。だからって勝手に聖剣くっつけるか、普通？　せめて許可取れ。異世界、労災の下ろし方がイカレてるだろ」

「知らないわよ普通とか。異世界サンプル二人分しかないのよ。ていうか労災呼ばわりはどうなの？」

「百歩譲《ゆず》って聖剣くっつけるのはいいとして、外せないのはおかしいだろ。金属だぞ、クソ重いのに！　こんなん呪いの武器じゃねえか……」

くすっ。咲耶は小さく笑みを溢《こぼ》す。

「『この装備は呪われている。外れない！』ってこと？　聖剣なのに？」

「なーにが聖剣だ。俺はこんなのよりいい包丁の方が欲しかったね」

「ろくに料理しないくせに」「昔はしてたって！　確か」

今は、する意味がなかっただけだ。

咲耶は言う。

「そうだ、呪いの装備は教会で解呪《かいじゅ》がお約束よね。代わりに神社でお祓《はら》いできたりしないかしら。なーんて……」

「もう行った」

「もう行ったの!?　脳味噌ＲＰＧじゃん!!」

「誰がゲーム脳だ。おまえだろそれは」

つか、おまえちょこちょこお嬢様言葉忘れるな。やっぱりエセお嬢様か？

「ふ、あははは」

そして咲耶は、耐えきれなくなったように噴き出した。

「あー、おかしい。なんでこんな会話になっちゃうんだろ。真面目に話そうとしたわたしがばかみたい」

ああそうだ。こんなこと真面目に話す必要なんてない。

狙い通り、不穏な空気を有耶無耶《うやむや》にできたことに安堵《あんど》する。

「よし、俺は事情を言ったぞ。おまえは？」

訊きたいことがあるのはこちらも同じだ。

「そうね。わたしも説明しなくちゃ」

彼女は自分の頭に触れる。さっきまで生えていた角は、今はもう跡形もない。

異世界では存在していたが現世では消えていたので、今までてっきり角のような装飾か何かだと思い込んでいたのだが。

「あれは昂《たかぶ》った魔力を制御するための器官、みたいなもの。生えるのは【魔女】の体質ね。現世《こっち》じゃ魔力が薄くて出せないと思ってたんだけど、聖剣《アレ》に触れると出るみたい」

角が生える体質って――まるで人間じゃないみたいじゃないか。

「それ、人体に影響とか、ないのか」

言い淀《よど》むこちらに対し、彼女はつらつらと答える。

「ええ。あの角は溢《あふ》れた魔力が見せる幻で、実際に生えてるわけじゃないから」

……幻？　じゃあそれって、

「マジでCGじゃん!?」

「もう、映画から離れなさいって！　わたしも思ってたけど！」

異世界の角って、特殊メイクじゃないんだな。

「大丈夫よ。わたしの身体《からだ》は普通の人間と変わらないわ。……何も」

咲耶は、嘘など微塵《みじん》も感じさせない真っ直ぐな目で、そう言った。

俺は信じ、頷く。

「そうか。なら、よかった」

どちらともなく歩き出す。気まずい人ひとり分の間は、いつの間にかなくなっていた。

歩く速度を緩め、歩幅を縮める。話しながら歩くならば、このくらいのペースで丁度《ちょうど》いい。

「ごめんなさい、さっきの事件は。わたしがかっとなったせいね」

路地で魔法を暴発させたミスのことだ。

「いや。喧嘩《けんか》を煽《あお》った俺も悪かった」

それに、本当に謝るべき相手は巻き込んだ一般同級生のあの二人だしな。

茶化す。

「おまえノーコンだから遠距離攻撃向いてないぞ」

「う、うるさい。弾幕張れば命中率とか関係ないしっ」

けれど咲耶はまだ、申し訳なさそうに続ける。

「あと……ルールも破っちゃった。『異世界のことには突っ込まない』って決めたのに」

確かに、『友達』の定義を決めた時にそう言った。だが。

「ルールってのは状況に合わせて柔軟に変えていくものだ」

にやりと笑って、提案する。

「条文を追加しよう、『ただし、笑い話になるなら可とする』」

――所詮《しょせん》、過ぎた昔のことなど、軽口混じりの冗談話で十分だろう？

ふふ、と。咲耶も肩の力が抜けたらしい。

「ずるい後付けね。賛成。じゃあ、遠慮《えんりょ》なく――」

そうして、残る帰り道、俺たちは異世界の思い出話という名の愚痴《ぐち》に花を咲かせる。

「つか何ヶ月ぶりだよ、聖剣呼ぶ時に異世界語使ったの。忘れてないかヒヤヒヤした」

「呪文にしか使わないとはいえ、忘れちゃ甲斐《かい》ないものね。あんなに必死に覚えたのに」

「ん？」「え？」

咲耶の言葉に何か、違和感を覚える。――必死に、覚えた？

「……異世界語の自動翻訳《ほんやく》機能みたいなの、初めに貰《もら》わなかったか？」

「……え、何それ知らない。わたし召喚された後、自力で言葉覚えたんだけど」

陣営間のカルチャーギャップが発見された。

「ずるい！　チートじゃない！」

「やーい魔王陣営《おまえんち》遅れてやんの！」

そのまま、人類陣営《サイド》と魔王陣営《サイド》と、どっちの飯の方がクソ不味《まず》かったか、どっちの装束《しょうぞく》の方がセンス最悪だったか、どっちの仲間の方がパワハラ野郎だったか、と張り合って。どっちも最悪だ、と貶《けな》し合っては傷を舐《な》め合った。

そして俺たちは、付き合いは長いくせに、互いのことを知らなさすぎることを知った。

ひとしきり盛り上がるうち、見慣れた互いのマンションとアパートが見えてくる。

俺はしばし、会話を止める。彼女は合わせて足を止めた。

「どしたの？」

「いや……おまえと友達でよかったな、と思って。こうして、異世界《むこう》のことで分かり合える」

少し、感慨《かんがい》に浸っていた。咲耶も同じ気持ちだったんじゃないだろうか。

だが、

「そうかしら。別に……すべてを分かり合える、ってわけでもないし」

彼女は浮かない様子で。

「言ったじゃない？　最終決戦《あのとき》で、あなた『本気で世界を滅ぼすつもりか』って。わたし、本気だったわ。だから――分かり合えなくて、争ってたんじゃない」

どちらかが勝つか負けるまで。

俺にはわからなかった。尋ねたこともなかった。普通の少女だったはずの文月《ふみづき》咲耶が、世界を滅ぼしたいと願う理由なんて。これまでは。

「……どうしておまえは、本気だったんだ?」

彼女は顔を上げる。風が微《かす》かに、長い髪をたなびかせる。


「あの世界に、大切なものを奪われたから」


静寂。真っ直ぐに、見つめる先は夜の闇。

「なーんてね。もういいのよ。全部、終わったこと。でしょう?」

彼女は軽く笑ってみせた。笑い話になるならいい、という約束を守って。

だが僅《わず》かに寂しげな色を隠せていなかった。

そんな顔をされては——、

「取り戻してやろうか。これでも腕っぷしには自信がある」

——言わずにはいられなかった。終わったことに何を言っても無駄と、わかっていて。

「あはっ」

彼女は、乾いたように笑って。悪戯《いたずら》に微笑《ほほえ》み諭《さと》す。

「この世には腕力だけじゃ解決できないこともあるのよ、脳筋勇者さま」

「…………」

俺は脳筋じゃないが。

彼女は二、三歩、先を行く。地に足つかない不安定な足取りで、短い黒のワンピースを翻《ひるがえ》し、振り返る。

「──ねえ。もし、あの時わたしが勝ってたら、あなたはどうしてた？」

最終決戦。俺は彼女をこっぴどく負かした。

だがもしも万が一、俺が負けていたのなら。

決まっている。

「その時は。おまえが世界を滅ぼすのを、黙って見ていたよ」

ぱち。と、彼女は目を丸くした。

「……あなた、正義の味方じゃなかったっけ？」

「ばか言え。勝ったやつが正義だ。おまえが勝ったら何をしようが、文句なんて言うかよ」

俺は善悪を論じるつもりはない。大体、異世界じゃ価値観も倫理観《りんりかん》も違うんだから、現代世界に生まれ育った俺たちが論じたって無意味だろう。勝ち負けがすべてだ。野蛮万歳《やばんばんざい》。

「あ、はは。あなたのこと、全然わかってなかったかも！」

「そうだよ。おまえは俺のことを意外と知らないだろ」

お互い様だが。

「じゃあ次は、絶対に勝たなきゃ」

「ねえよ。次なんて」

「そうね。そうだった」

もう二度と、俺たちが殺し合う必要なんてない。

――たとえ右腕にあるのが、魔女殺しの聖剣だとしても。

咲耶はさらに先へ二歩、三歩。街灯の真下で、ステップを踏むように振り返る。薄手のワンピースの裾《すそ》が翻り、光に透ける。

互いの家はもう目の前だ。

「訊きたいこと、終わっちゃった！」

「そうだな。ここでお開きとするか？」

目的は果たした。ならば当初の通り、家まで送るだけでも構わない。

「あら。まだ、話し足りないと思わない？」

彼女は上機嫌に、笑って。

「今夜はうちに来てくれるんでしょう？　わたし、友達と一緒に夜更かしするの、夢だったの」

その笑みは、かつて敵だった相手に向けるにはあまりにも無防備で、隙《すき》だらけで――、
ああそうだ。過去がなんだろうと、今、俺たちの関係の名は『友人』なのだから。

その、くだらなくも喜ばしい肩書さえあれば、恐れるものなど何もない。

「勿論《もちろん》」

一息に、距離を詰める。

「大事な友達の望みとあらば、だ」

不穏は消えた。掻《か》き消した。だから。

きっと、いい夜になると思った。

2

――いい夜になると、思っていたのだ。

扉の向こうから、微かに聞こえるシャワー音を聞きながら。どうしてこんなことに、と俺は頭を抱えていた。

現在、時刻は十一時前。俺が咲耶の部屋に来てから、経過十分弱。

時は、少し遡《さかのぼ》る。

◇

家に招かれたとはいえ俺はバイト終わりの身、制服のままもなんだ。一度自宅に戻り、着替えてから咲耶の部屋に行く。着替えといっても、制服以外にはジャージくらいしかないのだが。

呼び鈴《りん》を鳴らすなり、すぐ扉が開いた。咲耶が無邪気に出迎える。

「お友達を呼ぶなんて初めてだわ。しかもそれがあなたたなんて。なんだか、不思議な感じ」

そういえば、彼女が俺の部屋に来ることはあっても俺が行くのは初めてだな。

俺はまともなので、窓からは入らない。ちゃんと扉から来る。

居間に案内される。学生の一人暮らしとしては広い部屋には大きなソファとテレビ、シンプルだが質の良さそうな家具が並んでいる。何気なく、彼女は本当にお嬢様だったのだなと思う。

そして咲耶は居間に繋《つな》がるキッチンから、二リットルのコーラとポテトチップスの大袋を抱えて現れた。

「おまえ……」

本当にお嬢様かよ。

「ふふふっ、深夜にポテチなんて背徳よね。こんないけないこと、わたしが悪い魔女じゃなかったらできないわ。ちょっと憧れてたの」

「悪事のレベルしょっぼ」

「わたし、二リットルのコーラ買ったのも初めて！　映画みたいでワクワクするわ。あっ、あれ？　開かない……」

咲耶はコーラのキャップを開けようと奮闘する。過酷《かこく》な異世界にいたにもかかわらず、彼女は意外と非力だ。

「おかしいな」と力を変にかけながら、ペットボトルを上下に動かす。

「お、おいそんなに振るな。俺が代わりに――」

もう遅かった。キャップは勢い余って外れ落ちる。そのまま中身が噴出。

咲耶は、黒い液体をびしゃりと身体《からだ》に浴びた。

「………あ」

ぽた、ぽた、と裾から滴《したた》る液体。さいわい、服もコーラも黒いおかげで染みの心配はなさそうだが。濡れた布地がぴったりと肌にくっついている。

「……もっと早く止めればよかったな」

俺は見かねてジャージの上を脱ぎ、投げて寄越す。

「風呂入ってこい」

「そうする」


残された俺は、濡れた床を前にして思う。

代わりに片しておくか。しかし人の家だ。拭くものの所在がわからないな。軽く見渡してみたが、居間にそれらしきものはない。

どこかに雑巾でもかけてないだろうか、とキッチンを覗《のぞ》き込み、次に廊下《ろうか》へ出て。家探《やさが》しは早々に諦める。なにせ広い。扉の数からして部屋が余っていそうだ。

そうして立ち往生《おうじょう》しているうち。

俺は廊下に微かに響くシャワーの音に、はっと気付いた。

――待て。俺を置いて彼女が一人で風呂に入っているこの状況は。

……大変よろしくないのでは？

ようやく思い出した。異世界ですっかり忘れた常識を。そして自分たちの性別と、深夜に女友達の家に上がり込むべきではないという当たり前の規範を。

頭を抱える。……なんであいつはどこの馬の骨とも知れない男《オレ》を、気安く家に上げているのか。クソッ、俺も友達に誘われたからって浮かれていた。今の俺は友達が少ない、弊害《へいがい》だ。

深呼吸。長い溜息のように、吐き出す。

よし、一旦出よう、外に。せめて咲耶が浴室から上がるまで。

玄関を目指し、廊下を進む。

──その時既に、俺は冷静さを損《そこ》なっていた。だから気付けなかった。

もう、シャワーの音が止んでいたことに。

不意に横で扉が、ガチャリと開く。

計算違い。あまりに早すぎる行水を終えて、彼女が出てくる。

俺は足を止めざるを得なかった。タオルを巻いた彼女に、ぶつからないために。

「…………え?」

驚く彼女は、きょとんと事態を呑《の》み込めていない瞳でこちらを見上げる。

しっとりと濡れた髪は、肌に張り付いている。

柔らかな肢体《したい》を頼りなく隠すタオルが、はらり、とずり落ちる。

「~~~~っっ!!?」

驚愕《きょうがく》の表情が一瞬にして赤面に転じた。

溢《あふ》れ出す中身を彼女が両手で押さえ隠したのと──俺が壊れる勢いでドアを閉めたのは、同時だった。

バンッと戸を打ち付けた音、余韻《よいん》の静寂、しばらくして。

扉は、そろ……と開いた。彼女の顔だけが、扉の隙間から覗く。

「見た……？」

蚊の鳴くような問いかけに。

――俺は、全力で土下座《どげざ》をした。

「すまなかったッッ!!!」

床に額をめり込ませる。言い訳のしようがない。一瞬だが、すべて見た。

俺の知る限り、許しなく嫁入り前の娘の裸を見ることは、現世では大罪である。嫁入り後でもアウト。

「詫《わ》びとして俺は今から腹を切る……」

来い、【聖剣】――。

「……切腹!?　勇者って武士じゃなくてよ!?　そこまでしなくていいからっ！」

クソッ、呼んでも出ないな聖剣。やはり魔女の身体に触れないと駄目か。

「と、とりあえず顔上げて……？」

膝はついたまま、言われた通り顔を上げる。

彼女はもう二度と外れないように、きっちりタオルを巻き直していた。キツく巻いたせいか、胸元はくっきりとシルエットを形作り、見上げるこちらに大きく影を落とす。

「……なあ、咲耶」

目を逸《そ》らしそびれたまま、聞く。

「なんで、まだ、服を着てない？」

咲耶はばつが悪そうに、言った。

「……着替え、持ってくるの忘れた」

――要するにそれが、廊下で鉢合《はちあ》わせた理由だった。

いや。

「バッカじゃねえの!!」


無論、バカは俺もである。

居間に正座をしながら、咲耶が服を着てくるのを待つ。

脳裏《のうり》には彼女の傷ひとつない綺麗《きれい》な肢体が刻みついている。健全な男児としては、それに何も思わないことは不可能だが――。散れ煩悩《ぼんのう》。さもなくば死ね俺。

ぱたぱたとスリッパの音が後ろから聞こえてくる。

……さて、正式な謝罪会見の時間だ。立ち上がる。

「咲耶、すまな――」

「もうっ、怒ってないってば。あれは不可抗力の事故だってわかってますから！」

しかし俺は、彼女を見て。再び頭を抱えたくなった。

「どちらかと言うと、悪いのはわたしの方っていうか――」

くるくると指で乾かしたばかりの髪を弄《もてあそ》ぶ彼女が、着ているのは白い、薄手のワンピース調の部屋着。ネグリジェとでもいうのだろうか。あまりにも、無防備な格好だった。

「なに？　……わたしの格好、変？」

咲耶は異世界の弊害で露出度がイカれている自覚がない。

確かに、向こうの衣装に比べればよっぽど隠れてはいるが。薄手の白布は彼女の身体のシルエットを柔らかく浮かび上がらせている。一見すると清純そうなデザインだからこそ、布地越しに透けて見える手足の華奢《きゃしゃ》さを強調し、むしろ裸体よりも視覚的暴力性が高いと思うのは俺だけだろうか。

部屋着ならもっとなんかアホみたいなTシャツとか着てこいよ。蛍光色のジャージとか着ろ。そんなかわいい服を着るなクソが。

後退る。

「飛鳥《あすか》、なんか距離おかしくない？」

「おかしくないですね」

俺は今から謝罪会見を開く。近《ちこ》う寄るな。

シャワーを浴びたせいか、火照《ほて》った彼女の顔がどことなく艶《なま》めかしい。絶対に近付きたくない。だが咲耶は俺に構わず、距離を詰めようとする。

「ちょ、だから近付くなって――なんでにじり寄ってくる!?　なんだおまえ、帰れよ!!」

「ここわたしの家なんだけど!?」

「ほんとだ！　クソが！　俺が帰ります！」

壁際に追い詰められ、背がぶつかる。

しまった、逃げられない。

するりと衣擦《きぬず》れの音を立てて、彼女が、至近距離に。

「……別に、気にしなくてもいいのに」

花のような、甘い匂《にお》いがして――呼吸を止めた。

魔性の、潤んだ瞳でこちらを見上げる。

「自分で言うのもなんだけど……わたし結構いい身体していると思うの。人様に見せて恥ずかしいようなものでは、ないつもり」

否定はしない。雪のように白い肌はよく手入れされていただろうことが想像できる。背が高く安定した骨格が窺《うかが》い知れるにもかかわらず、華奢と形容するほど細い印象。けれど胸《むね》部や大腿《ふともも》部の肉付きはよく、適切な筋肉量がそれらを保っていることが見て取れた。あそこまでくると人体も一種、芸術品のようだ。

……いや、なんで一瞬なのにしっかり見えてるんだよ俺。眼が良すぎるのも考えものだろ。

「それにあなたになら……見せても、いいわよ？」

変な声出るかと思った。

視界が明滅するような動揺《どうよう》。ガチガチと頭の中のブレーカーを落として理性の出力を上げる。

すすす、と、咲耶の指先が、布越しに自らの腹部を撫《な》でる。熱を帯びた唇が囁《ささや》く。

「だって。あなたには、もっと奥まで……」

「──内臓《なか》まで、見られているんだもの」


そして咲耶は、花も恥じらうように頰《ほお》を押さえ、顔を背けた。

「だから今更、は、裸見られたくらいでとやかく言ったりは、しませんから！」

……もっと奥。ああ、うん……。物理的に、か。

急速に脳が冷える。確かに、なんか見たことある気がする。異世界で。つやつやとしたピンク色の、ね。おまえの腹にあいた穴から、ぽろりと──。

「いや最ッッ悪だなおまえ!!!」

全霊で叫んだ。

「えっ」

「なんでそっちの方が裸見られるより恥ずかしい、みたいに言うんだよ。めちゃくちゃ怖いわ！」

「怖い……？　なんで？　治ったのに？　はらわた、ちゃんと収まってるわよ？」

小首を傾《かし》げて、純粋に疑問を口にする。

俺は壁際でしゃがみ込む。ああ……酷《ひど》い異世界ボケだ。やはり患《わずら》ってたか。異世界の弊害その二である。倫理観《りんりかん》がおかしいんだよ、魔女《こいつ》。

だがふと、別のことに思い至る。

――そういえば、魔女は回復魔法が使えないはずだ。かつての大怪我《おおけが》は、どうやって治していたのだろうか？　魔法薬《エリクサー》的な何かか？

「ともかく、切腹はなしにしろ俺は責任は取らなくちゃいけない。咲耶」

「え、なに、『責任を取る』って……。ま、まさかっ、裸を見たら結婚って時代でもないし――！」

咲耶が赤い顔で何か言ってるのを聞く余裕もなく、遮《さえぎ》って。

俺は言う。

「記憶、消してくれ」

彼女の使える洗脳魔法。それなら、記憶操作もお手のものだ。俺が見たものをなかったことにしてほしい。

咲耶は「……ああ、そういう意味よね、完璧《かんぺき》にわかってたわ」と頷《うなず》いた後。

眉《まゆ》を顰《ひそ》める。

「いいの？　わたしが言うのもなんだけど、脳味噌を弄《いじ》らせるなんてどうかしてるわよ」

俺だって嫌だよ、脳弄られるのは。

「別に覚えててもいいのに……」

「いや。駄目だ」

おまえの裸なんて。

「──思い出したくもない……ッ！」

咲耶は一瞬、啞然《あぜん》として。

黙り込んで、俯《うつむ》く。

「…………そう、そんなに見苦しかった？」

「違う。論点はそこじゃない」

彼女が美人なのは絶対的真理だとして。男は全員獣だ。煩悩の奴隷《どれい》だ。一度見てしまったものを、普段、相手と関わる間にも思い出してしまいかねない。大事な友人をそういう目で見るのは不誠実なことだ。下手《へた》すればそういう目で見続ける。俺は理性が強いが、万が一にもそうはなりたくない！

──などと、説明できるはずもなく。

「つべこべ言わず、消してくれ。っていうか、消せ、マジで」

顔を上げた咲耶は、ゆっくりと右目に手を当てて、

「じゃあ何が問題だったって言うのよばっっかやろぉ!!」

「死んでも言わねえよボケェ!!」

キッとこちらを睨《にら》みつける赤い右眼が光ったのを直視して、意識はそこで飛んだ。

「——ハッ」

数秒後、意識を取り戻した頃には、すっかりと頭が冴えていた。

前後の記憶に違和感はない。綺麗に、例の記憶にだけ鍵《かぎ》をかけてくれたらしい。

「ありがとう。本当に。感謝してもし尽くせない」

三つ指をついて礼。咲耶はむす、とソファの上に三角座りをして。

「だめ、許さない。プライドが傷つけられました。わたしの機嫌、取ってよね」

頬を膨《ふく》らませながら、ゲームのコントローラーを抱える。テーブルには例のポテチとコーラ。

置かれた対戦用のゲームソフトは新品で、封を開けられてすらいない。

それが、友達《オレ》と遊ぶために用意されたものだと、気付けないほど鈍くはなかった。

咲耶は不機嫌を装《よそお》いきれず、声を弾ませる。

「今夜は、寝かせないから」

3

「って……結局寝オチしてるし！」
午前三時を過ぎた頃。夜はまだまだこれから。
なのにソファの端で飛鳥は既にガクン、と首を落としていた。コントローラーは握ったまま、
テレビの液晶はゲームのステージ選択画面を表示したまま。

「次はどれで対戦する？」と訊こうとした数秒の間に、だ。

わたしの寝かせない宣言に、『安い罪滅ぼしだな。おまえが満足するまで付き合うよ』とか言ったくせに……。信じられない。罪です、罪。

なんて、本当は寝かせないっていうのは冗談なんだけど。

わたしはともかく、徹夜なんて人間のやることじゃない。キリのいいところでお開きにしようと思ってたけど……楽しくて、つい時間を忘れてしまった。

（……起こした方がいいのかしら）

物音を立てないように、そっとソファから立ち上がる。わたしの身体能力はお世辞《せじ》にも高くない。でも、異世界帰りの嗜《たしな》みとして足音を立てないくらいのことはできる。三ミリ浮けばいいだけ。余裕。

できれば彼をこのまま寝かせておいてあげたいと思った。だって、いつも目の下に隈《くま》を作ってるし。

こっそりと近づいて、寝顔を覗《のぞ》き込む。

盗み見なんてはしたない振る舞いかしら、と思うけれど。こればかりは、わたしの部屋で眠ってしまった飛鳥が悪い。

安らかな寝顔だった。死んでるみたい。悪い意味じゃなくて、そのくらい、悩みとか何もなさそうな穏やかな表情ということ。

そう思ってしまうくらい普段の彼は厳《いか》めしいから。

向こうで過ごした二年分、あるいはそれ以上に老け込んでいるはずなのに、こうしてみると昔のようにあどけなく見えた。セットの取れた髪がぼさぼさだからだろうか。

短く硬質そうな黒髪からは、清潔な石鹸《せっけん》の匂いがした。わたしの部屋に来る前に、シャワーを浴びてきていたのだろう。

不意に嗅《か》いでしまった石鹸の香りと、その奥にほのかに混じる男の子の匂いにどきどきして。誘惑が首をもたげる。

――今なら、好きにできる。やり込められる。いたずらしてもばれないかも……。なんて。さっきのゲームでは一戦分、彼に負けてしまったし。顔に落書きでもして、起きた後「わたしの勝ち」って勝ち誇ってやろうかしら。

なんなら、もっとすごい悪戯《いたずら》を。

たとえば――キス、とか。

きっとばれやしないわ……。

わたしは理性を失くしふらりと引き寄せられる蛾《が》のように、さらに近づいて。

――どくん、と心臓が嫌な鳴り方をした。

我に返り、ばっと離れる。

ずっと嗅いでいたい彼の匂い、その奥に。清廉潔白《せいれんけっぱく》で冷え冷えとした、とても嫌なにおいが混じっている。聖剣の気配《におい》。遅れて、右腕に近付きすぎたのだと、気付く。

以前まで、彼にうっすらと感じていた嫌悪感。それはただの敵対感情の名残《なごり》だと思っていた。

違ったのだ。飛鳥のせいではない。

聖剣《それ》のせいだ。

じわりと肌が粟立《あわだ》つ。背に寒気が走る。喉元《のどもと》に刃を突きつけられるような、ひりついた錯覚《さっかく》。

何故ならばその剣は、魔女を殺すための剣。近付くだけで〝殺される〟と血が騒ぐ。

心臓が、うるさい。

あなたはまだ、どうしたって魔女《わたし》の〝天敵〟だった。

……その右腕がある限り。

唇を嚙《か》む。どくどくと早鐘を打つ心臓。それを握り潰すように、胸を押さえる。

──うるさい、うるさい。この音で、彼を、起こしてしまったらどうするの。

がなり立てる鼓動に『黙れ』と。口だけを動かして、異世界《むこう》の言葉で呪詛《じゅそ》を吐く。

そうすれば。わたしの心臓は、ぴたりと。鳴るのを止め。
・・・・・。
完璧に静寂が訪れた。

こふり、潰れた心臓のせいで口から溢《あふ》れた血を拭《ぬぐ》う。

……ああ、やっとこれで、平常心。


──わたしは嘘を吐いていた。

『わたしの身体《からだ》は普通の人間と変わらないわ』

……なんて、そんなわけがないのに。

起こすのはやめよう。直に触れぬよう気を付けて、彼の右手からコントローラーを奪う。

右腕が聖剣でできていると知っても、わたしは不思議とあまり驚かなかった。

ああそういうこともあるだろう、という諦めのような納得があった。あの世界なら確かに、人類は彼の身体を改造くらいするだろう。

——魔王が、魔女《わたし》を人でない存在《もの》に変えたように。

自分の指をなぞる。貼り直した絆創膏《ばんそうこう》。その下にはもう、昨日包丁で切った傷は跡形もない。

わたしの正体は、不死身の魔女だ。

異世界《むこう》の後遺症で、わたしの身体は十六のまま歳《とし》を取らない。代謝は止まり、体温は不変、汗もほとんど流れず、髪も爪の長さも望まなければ変わらない。魔力さえ足りていれば眠る必要も食べる必要もない。傷ついてもひとりでに治る。致命傷でも——あまつさえ、死んでも生き返る。

頭から生える幻の角《つの》は、紛《まぎ》れもない、人外の証《あかし》だった。

『なんで黙ってたの』なんて。本当は、彼に詰《なじ》る資格、嘘吐きのわたしにはない。

でも……言えるわけがない。こんなこと。

大切な、恩人《あなた》には。

◆

——これは、昔の話だ。

二年と少し前。わたしたちがまだ、正真正銘《しょうしんしょうめい》に普通の高校生だった頃。

かつてわたしが彼を好きだった頃の話。

初恋のきっかけを、わたしは確かに覚えている。

高校一年。昔の彼は、『陽南君《ひなみ》』は、黒い目に生真面目《きまじめ》なフレームの眼鏡《めがね》をしていた。

背は、女子にしては高いわたしより少し低かった。

善良で、親切で、けれど取り立てて評価されることもないような普通の子だった。

旧家の出自と大人びた容姿のせいで、目立つ文月《わたし》と。真面目で大人しく、目立たない陽南《かれ》。

共通点はないわけじゃなかった。成績の順位表ではいつもわたしのすぐ上にいたし。たまに小難しそうな本を読んでいたし。

優等生は、お互い様。むしろ気は合うのだろうと思っていた。

でも当時、名ばかりの婚約者がいたわたしは男の子と関わることを、なんとなく避けていたから。同じクラスにもかかわらず、わたしたちの間には、友達と呼べるような交流はなかった。

——文化祭の時までは。

わたしと彼が実行委員になったのは成り行きだった。

真面目な二人なら向いているだろう、と誰かが言ったから。陽南君は乗り気だったし、優等生を演じたいわたしに断るという選択はなかった。

文化祭の準備はつつがなく、順調に、揉《も》め事《ごと》ひとつ起こさずに終わった。わたしたちは似た者同士で、お互い自分の仕事と役割を弁《わきま》えていたから。

ただ、準備の最中で彼には意外と、友達が多くて顔が広いことを知ったりする。

別に、クラスの中心人物だとか、そういうわかりやすい「人気者」なわけじゃない。

けれど気付けば輪の中にいて、当たり前のように誰とでも仲が良かった。

みんな彼が「いいやつ」だって知ってたから。

わたしは、彼には人気者だと思われていたみたいだけど。本当は自称ロールプレイ人間だ。人に嫌われないようなそれっぽい振る舞いを演じていただけ。根暗で嘘吐きのわたしには本当の友達なんてひとりもいなかった。

……似た者同士のようで、正反対。

——だから文化祭の過ごし方も、正反対になるはずだった。

『ごめんなさい、仕事が残っているから』

文化祭当日。当時の同級生たちの誘いを、わたしは嘘を吐いて断った。

本当は実行委員の仕事なんて全部終わっていた。でも、すごく疲れていたから。

誰にも素を見せられない嘘吐きの弊害《へいがい》だ。長く猫を被《かぶ》った自分でいると、反動で一人どこかに逃げ出したくなってしまう。たとえばゲームセンター、心地よい暗闇と騒がしさがわたしを隠してくれる場所。

だけど真昼の学校にそんなところはないから。代わりに屋上へ続く階段を上がった。

楽しげなお祭りも、他人事《ひとごと》のように振り切って。静かで、誰もわたしを見つけない場所へ。

でも。

「鍵《かぎ》、かかってる……」

当たり前、だよね。

冷たい階段で蹲《うずくま》る。騒ぎ声は遠く、ここは薄暗い。静かでひとりなのに、落ち着かない。

「文月」

顔を上げた。手には二人分の缶飲料。彼が眼鏡越しに、座るわたしを見下ろしている。

「陽南君……どうしたの？」

文化祭の真《ま》っ只中《ただなか》なのに。なんでこんなところにいるのか、わからなかった。

「同じ委員だろ？　さっき、話してるの聞いてさ。仕事残ってるなら手伝おうと思って追いかけたんだ。……まあ、方便だったみたいだけど」

彼はそれなりに、察しが良かった。

だからわたしの本性に気付かなくとも、わたしが何故嘘を吐いたのか、ここにいたのかはなんとなく勘付いたのだろう。

「行こうぜ」

「え」

彼は階段を上がり、屋上の扉に手をかける。

「だって。そのドアは……」

開かずの扉だ。

陽南君はもう片方の手に持ったものをチャリと鳴らした。少し得意げなのを隠しきれないま
ま、なんでもないように笑う。

「俺、天文部だから。観測に使う用に持ってるんだよ。鍵」

そして重い金属の戸はあっけなく開き、階段の薄闇を、差す陽の光が塗り替える。

風が強く吹き抜けた。髪を押さえる。屋上から眺める階下の熱気は、遠いようで近い。

土埃《つちぼこり》を被った殺風景なコンクリ色の屋上と、カラフルに彩られた屋台の並ぶ校庭は確かに地
続きで、空気製のガラス一枚を隔《へだ》てたような別世界。

広くて、静かで、誰もいない。──わたしたち以外。

ほ、と息を吐いた。緊張が解けていく。後ろから、扉を閉めてやってきた彼に向き合う。

「ありがとう、心配してくれて。でも、わたしのことは気にせず、楽しんできてよかったのに。

折角《せっかく》の文化祭なのに……少し、勿体《もったい》ないわ」

彼には他に、一緒に文化祭を回る友達なんていくらでもいたはずなのに。

もっと楽しいことなんてあったはずなのに。

「そう？　俺は楽しかったよ」

「何が？」

「祭りの準備」

彼は柵《さく》の方へと歩いていく。身を乗り出して、下を見る。

「俺は本番よりも準備が一番好きでさ。裏方気質なんだよ。人が楽しんでるのを見るのが好きだ。だからこうして眺めるのも、楽しいと思う。俺たちの準備の成果を、さ」

穏やかに、笑って。彼は続けた。

「だからこの時間も、何も勿体なくないよ。文月」

そうして、口調も言葉遣いも表情も今よりずっと柔らかかったあなたは、祭りの喧騒《けんそう》から遠く離れた屋上でふたりきり、付き合ってくれた。

たわいもない会話をして、笑って、その時間、わたしは上手《うま》く笑わなくちゃ、なんて一度も思わなかった。

不思議だった。纏《まと》う化けの皮が破れてしまった今とは違って〝昔のわたし〟は、本当に誰にも素顔を見せられなかったはずなのに。わたしは限りなく素でいられたのだ。——あなたの前では。

たったそれだけの話だ。きっと彼は、今の飛鳥は覚えていないだろう。

だけど、それだけで。

——恋に落ちるには、十分でしょう?

でもそれは叶うはずのない恋。当時のわたしには親の決めた婚約者がいたから。

だから、文月咲耶《わたし》の初恋は、心の箱に仕舞われて、綺麗《きれい》な思い出になる——はずだったのだ。

——最悪な異世界に落っこちて、最低な出会いを、果たすまでは。


あの頃の魔女《わたし》というのは、本当にどうしようもない女で。異世界なんて、わたしの人生ぶち壊しにしてくれた報復に滅ぼしてやろうと、本気で思っていた。

——どうせ逃げられないのだから。

——どうせ帰れないのだから。

——どうせ、誰も助けてくれないのだから。

それだけの絶望で。

なのに。

遠い遠い向こう側で。再会の時には誰だかわからなかったほどに、背丈も顔つきも目の色も何もかも、変わってしまった勇者《あなた》は。

真っ暗闇に差す一筋の光のように、目の前に飛び込んできて。


『帰るぞ。全部、終わらせて。二人で！』


あっけなく。わたしが諦めていた願いを、すべて叶えてくれた。

だけど、その時には。もう。

わたしは人間《あなた》に恋をすることが許されない存在《もの》になっていた。
あなたは魔女《わたし》には触れることが許されない存在《もの》になっていた。
わたしの大切な初恋《もの》は、あの世界に奪われて終わった。
……終わった、はずだったのに。

——五月のゲームセンターで。
『友達になろうぜ、咲耶』
あなたは一度ならず二度、そして三度までも。暗いところから連れ出してくれた。
それにどれほど救われたか。なんて、語り尽くせるはずもない。

——初恋は過ぎ去った。
文月咲耶《わたし》はもう、勇者《かれ》に恋をしていない。
けれど、魔女《わたし》は。
陽南飛鳥《あなた》を今でも、深く、愛している。

◆

だけど。わたしが、彼の側にいられる時間はそう長くない。

わたしは不死身の魔女で、彼はただの人間で。わたしと彼の間に流れる時間は、刻一刻とずれていく。

それを秘密にしたいと願うならば、本当のことを打ち明ける勇気がないのならば、わたしは彼の側から離れるべきだと。

わかっていたのに。

彼の隣にいたいと願ってしまった。正面から会いに行く資格がないなら、裏道《まど》からでも、敵としてでも会いたいと動いてしまった。愛と未練のせいで。

それが喧嘩《けんか》を売りに行った、本当の理由の——もうひとつ。

(なんて、浅ましい女)

自嘲《じちょう》する。ソファの端で膝を抱えた。反対側には眠るあなたがいて、間にはけして零《ぜろ》にはできない距離。

わたしが人外《ひとでなし》だと知ったら彼は悲しむだろうか？　それとも、怒ってくれるだろうか。

もし、彼に怖がられたら、昔好きだった人に気味が悪いと思われたら、今も愛しているあなたにわたしの存在を否定されたら、生きていけない。死ねもしないのに。

わたしは、嘘吐きの卑怯者《ひきようもの》で臆病者だ。

ぽつり、呟《つぶや》く声は、開けっ放した窓から吹き込む風に掻《か》き消える。

「このまま朝が来なければいいのになぁ……」

けれど必ず、天《そら》は巡り、夜は明け、月日は過ぎて、ひとでなしの魔女《わたし》と人間《あなた》の刻は逸《はぐ》れ、いつの日か。わたしは、いなくなるのだ。あなたの隣から。

だから。

わたしたちは、友達以上になってはいけない。

だって深すぎる関係になれば、あなたの前からわたしがいなくなった時に傷になる。わたしはあなたに、なんの呪いも遺《のこ》したくない。

ただ、そう。救われた分だけ、恩返しがしたかった。

——異世界に落ちた日から、わたしたちの人生なんてずっと夜だ。

帰ってきたって学校には馴染《なじ》めないし、家族の元にも戻れない、身体《からだ》は普通じゃないままだし、頭だって多分ずっとおかしい。異世界《ものがたり》は終わったのにハッピーエンドの難易度は高くて、どこにあるのかわからない。

でもその絶望に彼が共感してくれるだけで、同じだと言ってくれただけで私はもう救われた。

恩返しをしなくちゃ。どう返せばいいのかわからない。なら、せめて願いを叶えたい。

あなたが普通に生きたいと望むなら、普通を思い出せるまで突っかかるし。

あなたが友達が欲しいと望むなら、わたしがそうなってみせるし。

あなたが笑い話にしたいと望むなら、笑えない話だって丁寧《ていねい》に笑ってみせる。

あなたがちゃんと、現世《ここ》でしあわせになるのを見届けて。魔女《わたし》はあなたの前から姿を消す。

わたしの未練は、それでおしまいにする。

──それが、多分わたしに許された愛し方だ。

その対価に。ひとつだけ我儘《わがまま》を、言うとすれば。


どうか──あなたの青春を、ください。

思い出だけを。あの日失ったまま、もう二度と手に入らないはずだった、かつて手を伸ばすことすらしなかった、輝かしい日常だけが欲しい。

きらめく思い出、それさえあれば怖いものなんてひとつもない。

永遠も。いずれ未来のひとりぼっちも。

──そしてわたしの青春は、すべて、あなたのために。


だからそれまでは、もう少しだけ。側にいさせて。

あなたの夜が明けるまで。


そう祈ろうとして、はたと気付く。幼い頃の癖《くせ》で組んだ祈り手。

世界を滅ぼそうとした悪い魔女は、きっとどんな神様にも嫌われている。

ならわたしは、一体何に祈ればいいのだろう？

4

あの後わたしはめずらしく眠気に襲われて眠ってしまった。

眠らなくても平気な身体だけど、多分、魔力不足だ。昨日はいろいろと魔法を使ったから。自分の寝室に戻って寝るくらいの理性は、ちゃんとあった。

朝七時過ぎ。目を覚ますと居間に飛鳥はもういなかった。朝が早いたちの彼は先に帰ったのだろう。昨日、思いっきり夜更かししたけど今日は平日。朝の支度《したく》をしなければならない。テーブルの上を見る。そこには置いていた鍵《かぎ》が消え、わたしが寝る前に書いた『帰る時に使って』というメモは裏返してあった。

裏には見覚えのある彼の字が書かれている。

『起きたらウチに来てくれ。約束を果たす』

左手で書いたような字は、歪《いびつ》だけど等間隔で几帳面《きちようめん》。

「……約束？」

どれのことだろう。

急いでネグリジェから制服に着替える。寝癖を直すのとお化粧《けしよう》には魔法を使った。反則技だ。ついでに通学用の鞄《かばん》も用意する。

窓を開けてバルコニーに出る。ここは三階。向かいのアパートの二階のベランダから、飛鳥がこちらを見上げてひらひらと手を振った。

既に学生服で寝癖もない。わたしよりずっと先に身支度を終えて待っていたのだろう。

「意外と寝坊助《ねぼすけ》なんだな」

あなたが早すぎるのよ。そう、憎まれ口を叩こうとして。

わたしはぴたり、と止まった。寝起きの頭の後ろには、昨日の不安がまだ張り付いている。

「ねえ」

手摺《てす》りを握る。昨夜は側にいてと言った。夜が明けるまで側にいるつもりだった。けど。

「……朝になっても、遊びに行っていいの？」

「今更何言ってんだよ。今度朝飯作ってくれって言ったのおまえだろ」

……ああ、約束ってそれのこと。

手摺りから身を浮かせて、わたしは。

「言葉が足りないわ！」

笑って、飛び降りた。


錆《さ》び付いた狭いベランダに着地するのも慣れたもの。

そういえばわたし、窓から来たのに。

「文句言わないのね？」

「諦めが肝心《かんじん》だからな、人生」

なんで遠い目するのよ。

「鍵、返すよ」

キーホルダーも何も付いてない、簡素なわたしの家の鍵が手のひらに落とされる。わたしは魔法で鍵を開け閉めできるので、貸しっぱなしでも問題ないのだけど。

飛鳥は窓を開けてわたしを部屋に招き入れる。畳《たたみ》の上にお邪魔する。

お味噌汁の匂《にお》いがした。飲みたいって言ったことも覚えていたらしい。

「久しぶりだから分量がわからなくてな。作りすぎた。飲むの手伝ってくれ」

「丁度《ちょうど》お腹が空《す》いていたところ」

これも魔力不足のせいだけど。

飛鳥はそのまま、炊飯器《すいはんき》を開けて顔をしかめた。

「……しまった、米炊《た》き忘れたな」

「早起きしたのに？」

くす、と笑みを零《こぼ》す。よくあるスイッチの押し忘れみたい。

「あなたも、たまには抜けてるところあるのね」

でも、丁度よかった。

「わたしも持ってきたの。朝ごはんにどうかなって思って」

そして、わたしは鞄からバゲットを丸々一本取り出した。

飛鳥は不意を衝《つ》かれたように目を見張る。

「バターもあるわよ？」

続けて箱ごと取り出す。とても、ひんやりしている。飛鳥はついに噴き出した。

「おまえ、実は変なやつだろ」

くつくつと、笑う。

「失礼ね」

「つかどうやって入れたんだこんな長いパン。普通、鞄に入らないだろ」

「鞄に魔法の術式を埋め込んで、冷蔵庫と繋《つな》げてる」

「四次元ポケットじゃん……。天才か？」

「ふふっ魔女ですから。夢を叶えるくらい、お手の物よ」


——そうだ、だから。思い出した。

たとえ魔女に祈る先がなかったとして、構わない。

だってわたしは祈るまでもなく、願いを叶える力を、とっくに手にしているのだから。

◇

咲耶のパンはありがたく受け取ることにした。

そして俺は卓袱台《ちゃぶだい》に、切ったパンと味噌汁のちぐはぐな朝食を並べる。洋食派と和食派の歪なコラボレーションである。

「貰《もら》っておいてなんだが。この組み合わせって、どうなんだ？」

「いいわよ。別に、合わなくたって。わたしたちらしいじゃない」

「そうだな。なら、いいか」

しみじみと、俺は頷《うなず》いて。

「意外と合うかもしれないしな」

正座した咲耶は丁寧にパンを手に取り、「バターナイフはないの？」と文句を言いながらスプーンで死ぬほどバターを塗った。

「死ぬぞ」

「平気よ」

さくり、と小さな口で齧って。飲み込んで。

「バターなんて高級品なんだから。あなたもありがたく味わいなさいよね」

「高級の基準が庶民《しょみん》なんだよエセお嬢様」

バイト代が出たらバターナイフを買っておくか、と思った。

東の窓からは朝日が強く差し込んでいる。灯りが要らないほどに、だ。昨日の曇り空は嘘だったみたいに、空は晴れ渡っていた。

いい夜の先には最高の朝。それが世界の法則と思える今、口笛でも吹きたい気分だった。

「ついでだし、この後一緒に学校行くか」

「あんた自転車通学じゃなかった？」

俺たちの下宿先は、学校から徒歩十五分。徒歩通学派の咲耶は首を傾《かし》げる。

「自転車は帰りにバイトに行くためだ」

昨日は雨が降りそうだったから使わなかったが。

「学校、坂の上だし。中古の自転車を漕《こ》いで行くのは常識的じゃないだろ」

「嘘。できるくせに」

嘘は言ってないが。

「あまりやりたくないんだよ。察してくれ」

「筋肉バカと思われたくないから？」

「それもあるけど……。おい誰が筋肉バカだ」

こいつは察しが悪い。

おまえと一緒に行きたいと言ってることくらい、わかれ。

——正直に言おう。俺は浮かれていた。

いつからか。ずっとだ。咲耶に『友達になろう』と言って、彼女が俺の手を取ってくれたその時から。

だってかつての俺は、向こうに行く前からずっと彼女と友達になりたかったのだから。

だから、浮かれた俺はお椀《わん》を両手で抱えて味噌汁を口にする咲耶の、

「おいしい……」

気負いのない、柔らかな微笑《ほほえ》みに満足して。

「そうか。なら、次も作りすぎるか」

そう、言った後で。


——彼女の指の、貼り間違えた絆創膏《ばんそうこう》に気が付く。

［五章］

クリームソーダ・オブザデッド。

first love
come in
the window.

1

通学中。自転車を引きながら咲耶《さくや》の隣を歩き、考える。

空は雲一つない晴天。気分には暗雲立ち込める。

一昨日、咲耶が包丁で切った指は傷の位置も、深さも覚えている。俺が手当てしたんだから。

しかし今朝の絆創膏は違う位置に巻かれていた。傷があるはずの位置には、何もない。綺麗《きれい》すぎる白い指だった。

普通は、あれがたった二日で完治するはずもない。そして魔女は回復魔法が使えない。

――つまり、彼女は何か重大な嘘を吐いている。

だが、それを今、指摘することは憚《はばか》られた。

『向こうで互いが経験したことには首を突っ込まない』

それが、かつて敵同士だった俺たちが円満に関係を築くため、結んだ友好条約だ。

口にすることはルールを破ること。今の関係を壊すということだ。

追加条項、『ただし笑い話になるなら可とする』としても。

（……冗談には、できそうにないな）

さてこの嘘を、追及するべきか。

——今の関係を壊してでも？

葛藤《かっとう》は包み隠した。顔に出さないのは得意だ。俺はその気になればポーカーで無双できる。

課題の愚痴《ぐち》、明日の献立《こんだて》、など学生らしくたわいもない雑談をするうちに、通学路はあっけなく終わる。

「おはこんばんちゃす、飛鳥《あすか》さん」

妙ちきりんな挨拶《あいさつ》を芽々《めめ》にされたのは、咲耶と校門で別れ一人自転車置き場に来た時だ。

「芽々。おまえも自転車か」

「いえ芽々はバス登校です。マコも。あ、マコっていうのは笹木慎《ささきまこと》のマコトからとってて——」

じゃあ。

「なんで、ここにいるんだ？」

ニコッ、と芽々は小さな顎《あご》に指を当て、意味深な笑みで誘う。

「放課後、芽々とお茶シバきません？」

◇

「あ、ご注文はクリームソーダですか？　クリソしばきますか？」

「結局茶はシバかねえのな。コーヒーで」

放課後。オーナーは芽々の祖父、俺のバイト先でもある喫茶店《きっさてん》に行く。今日は休業日だ。客のいない店内を芽々は我が物顔で闊歩《かっぽ》する。

「もち、オーナーの孫権限でお代はタダです」

たまに店を手伝ってるのだろう。芽々の運ぶ手つきには危なげがない。

俺にはアイスコーヒーを、自分にはアイスの載った原色のメロンソーダを。クリームソーダには客に出すわけでもないのに、天辺《てっぺん》にはご丁寧《ていねい》に赤いサクランボまで鎮座していた。

芽々は言う。

「チェリーの載ってないクリームソーダってありえなくないです？」

「そうか？　俺はこの手の飲み物に詳しくない」

喫茶店などという洒落《しゃれ》たところに通った覚えがないから。

俺はコーヒーをそのまま飲もうとして、自分が甘党だったことを思い出す。砂糖を四つ放り込んだ。

「うへぁ～、カブトムシの啜《すす》る甘い汁？」

「別に、そこまで甘くない」

　というかクリームソーダの方が砂糖多いだろ絶対。

「で。話ってなんだ。この後、別のバイトがある。長くなるか？」

「いえ。ドリンク一杯分のお時間だけいただければ。問いただしたいことは十分です」

　……聞きたいこと、か。

「ああ、わかってる。昨日の路地裏でのことだろう。俺たちの正体とか――」

　芽々はぴしゃりと遮《さえぎ》った。

「あ、そっちはどーでもいいです。今んとこ」

　うん⁇

「じゃあ何を」

　手付かずのクリームソーダの氷がグラスの中でずれ落ち、かろんと静寂に鳴る。

　芽々は真っ直ぐにこちらを見つめ、笑みを浮かべながらも真剣な様子で言う。

「そですね。さっさと本題に入りたいのは山々ですが……芽々、測りかねてるんですよ。飛鳥さんのこと。これ聞いちゃってもだいじょぶそ？　海に沈められん？　って気持ちです今」

「俺のことなんだと思ってる？」

「銃刀法違反のヤバいターミネーター、もとい不審者」

「……そうだな」

　正論。聖剣所持は現世じゃ多分違法だ。俺は犯罪者だったのか……。

　要するに、どうやら芽々に警戒されているらしい。簡単に要件を話せないくらいに。

「だから確かめごとの前に、貴方《あなた》のことを知りたいのです」

だが、芽々にそう言われて俺はむしろ安心していた。

「わかった、なんでも聞いてくれ」

安心したのは変わり者の芽々が、思っていたよりも常識的だということにだ。

なにせ俺は不審者の自覚がある。警戒する方がまともであり、関わる相手がまともであることほど嬉しいことはないよなぁ！

「では」

芽々はマドラースプーンを手にし、くるりと宙に円を描いた。

「人の本性をてっとり早く知るには何がぴったりだと思います？」

俺の返事を待たず、びしりとマドラーを突きつける。

「――そう、心理テストです！」

「……うん？」

赤い果実の載った手付かずのクリームソーダを、芽々はスッとこちらに寄せる。

「このチェリーを食べるタイミング。それは、最初でしょうかそれとも最後でしょうか？　答えてください」

眉《まゆ》を顰《ひそ》める。

「そんなことでいいのか？」

要するに『ショートケーキの苺《いちご》をいつ食べるか』みたいな話だろ？　そんなことで俺の本性

がわかるとは思えないのだが。

「もち、ただの二択じゃありません。テストは選択問題じゃなくて自由記述式。飛鳥さんがどっちを選ぶかじゃなくて、選択にどんな理由を付けるのかを知りたいのです。理由を話すときって、人間性出るでしょ？」

そう説明して、芽々は念を押す。

「――だから、しっかり考えてくださいね。……制限時間はアイスが溶けるまで、ですっ」

なるほど、これは心理テストというよりは。面接でたまに出ると噂《うわさ》の『自分を果物に喩《たと》えると何か』みたいな問題か。俺はここ数ヶ月でバイトの面接を受けまくった（落ちまくった）ので、妙な質問にも対策済みだ。もっとも、実際には聞かれたことないが。あれ就活だけなの？

ともかく出題者たる芽々の意図はわかった。

求められるのは即ち《すなわ》自己開示。わざわざ放課後に呼び出してまで俺に〝確かめたい〟ことを聞き出すためにも、ここで茶を濁《にご》すような答えはするまい。

溶けかけたアイスの上で傾いたサクランボを前に、俺は、数秒、考えて。

「最初だな」

「ほほう。その心は？」

品定めするように、芽々は眼鏡《めがね》の奥で翠眼《すいがん》を細めた。

勿論《もちろん》、理由もちゃんと用意してある。

だが理由を語る前に、理由に至るための道筋の説明が必要だ。だから。

俺は答える。

「まず、仮定として。〝このサクランボに自我がある〟とする」

「待って」

慌てたように話を遮る芽々。

「ま、え？　いや、いきなり何言ってんだてめーですよ」

「なんだよ。聞いたのはそっちだろ。最後まで聞けよ」

「おかしいでしょ」

芽々は絶望的な表情をした。

「いやだから、まず、サクランボに自我があるとするじゃん？」

「如何様《いかよう》にも論を曲げない、とおっしゃる？」

一寸《いっすん》の虫にも五分《ごぶ》の魂、サクランボにも一分《いちぶ》の自我だ。

眉間《みけん》を揉《も》んで、芽々は声を絞《しぼ》り出す。

「……お題を出した芽々が悪かったですね。諦めます。続きをどうぞ」

よし、問題ないな。

促されたので、弁論再開。俺はサクランボを指差す。

「芽々、おまえは『サクランボなしのクリームソーダはありえない』って言ってたよな？」

「はい。芽々の目が黒いうちは、ウチでチェリー抜きを出すのは認めません」

おまえ目ぇ黒くないだろ。緑だろ。

「つっても、どうやら世間じゃそうでもないらしいぞ」

俺はスマホを見る。画像検索の結果では、ソーダとアイスだけのシンプルな品も珍しくない。

「つまりサクランボ抜きのクリームソーダは福神漬《ふくじんづ》けなしのカレーみたいなものだな」

「認めません」

認めてやれよ。咲耶のカレーにはないんだぞ。

「要するに前提として。〝クリームソーダの定義〟としては、必須の構成要素はソーダとアイスであり、サクランボはあくまでプラスアルファに過ぎない——ってことだ」

以上。仮定は一旦横に置いて、前提。

「ここまではいいか?」

芽々はしぶしぶと頷《うなず》く。

「いいでしょう。芽々的には学会追放したいとこですが、たまには持論を曲げるだけの寛容さはあります。……いやそもそも〝定義〟って何?」

そっちこそ学会ってなんだよ。

続ける。

「クリームソーダにサクランボは不必要なわけだが。ここで仮定だ。サクランボに自我があるとすると——どうなる?」

「どうもならんでしょ。ならんって」

「きっと、自分が『何者であるか』を定義するだろう。人間はアイデンティティについて考えずにはいられない生き物だからな」

「まず人間じゃないんですよ。……聞いてませんね？」

「そしてこのサクランボは自分がクリームソーダの一部であることに誇りを持っているに違いない。なにせシロップ漬けサクランボ界ではクリームソーダの上は人気の就職先だ」

「頭メルヘンか？　てか飛鳥さんさっき『この手の飲み物詳しくない』ってましたよねぇ!?」

「詳しくないけど人気の就職先だ」

「この人、真顔でめっちゃ適当こくじゃん!!」

俺は真剣だ。

「つまり、サクランボの自我《こい》、自認《つ》、自己同一性《アイデンティティ》は『己が〝クリームソーダ〟であること』にあると仮定できる。はずだ」

——と、ここまでが序論である。

芽々はマドラースプーンを片手に、あんぐりと口を開けてた。

「………。仮定も前提もおかしいんですよ！　マジでなんなの～～!?」

「もしや理解できてないか？　なら初めからもう一度——」

「いやいいです！　話は理解できますっ！　理解できないのはおまえおまえおまえ」

呼び方が『貴方』から『おまえ』になった。おかしいな。俺はただ求められたことを答えただけなのに。

気を取り直す。本題はここからだ。

「もし、芽々がサクランボを『最後に食べる』とすると、まずはどうする？」

「そうですね、こうします」

芽々は、アイスの上からサクランボを取って、グラスに敷かれたお皿の上に置く。

回答が長引いたせいで、アイスがだいぶ溶けかけてしまった。「いい加減いただきますね」と、芽々はシンプルな緑と白のみが残ったグラスを手に取って、そのまま食べ始める。

「そうだ、まずサクランボはクリームソーダから除けられる」

残った赤い果実は受け皿の上にぽつんと置かれたまま。

「そしてこいつが、ようやく食べられる最後の時には。グラスの中は空っぽになっているんだ」

ざくざくとアイスとソーダの間の凍った部分を崩しながら俺に流し目を向けていた芽々は、ぴたりと手を止める。

「……つまり？」

「クリームソーダの必須要素は残ったグラスの中身だけだった。最後に残したところで、サクランボ《こいつ》をクリームソーダたらしめるすべては残っちゃいない。皿の上に残されたこいつは、もはや〝ただのサクランボ〟じゃないか？」

かちゃり、と芽々はスプーンを置いて、視線で俺の言葉を促す。

「つまり、『己が〝クリームソーダ〟である』という、自我の崩壊だ。とっくに自己同一性が失われた後に〝これ〟だけが残ったところで、一体なんの意味があるだろうか」

結論。

「だから最初に食べる。そいつがクリームソーダの上に載っているうちに——そいつがそいつであるうちに。それが情けってものだろう？」

以上、これが理由だ。

客のいない店内、シンとした空気の中で。芽々が、深々と息を吐いた。

「あのですね。人間は、チェリーの自我に共感できるようにできてないんですよ？　飛鳥さん」

「ただの仮定だよ。サクランボに自我があるわけないだろ。あったら怖いわ。なに言ってんの？」

「は？　マジでどの口で言ってやがるですか。おまえの来世、梅干しの種な。覚悟しとけよ」

くそっ、白米の上に載るしかない。

溜息を深々と吐いた後、芽々は眼鏡を押し上げた。

「でもその理屈で考えると、芽々の答えは飛鳥さんとは真逆になりますね」

「逆？」

グラスに付いた結露を指でつつ、となぞりながら語る。

「ええ。たとえ器《うつわ》の中身が空《から》っぽになっても、載せられたその時からこのチェリーは〝クリームソーダ〟の一部です。そうであったことは揺るがない事実だと、芽々は知っている。知っていることが、この子の同一性を保つでしょう」

皿の上のサクランボをつついて、芽々はいたずらっぽく俺を仰《あお》ぎ見た。

「──そう考える方が、エモいでしょ？　だから芽々は、最後に食べることにします」

幼げな声で訥々《とつとつ》と語る情趣《じょうしゅ》は、やけに心に響いた。俺の少し無茶な仮定に本気で乗っかって、答えてくれたからだろうか。

「そうか、いいな。その考え。俺は好きだ」

「ありがとうございます。飛鳥さんの答えもロジカルの皮被《かぶ》ったエモーショナルで、嫌いじゃないですよ」

芽々はしれっとソーダを飲み干して、言った。

「あと芽々、シンプルに、好きなものは最後に取っておくタイプなので」

「……もしかして、答えはそのくらい単純でよかったのか？」

「そうですよ。言ったでしょ『心理テスト』って。まずはジャブ程度にちょっと趣味嗜好《しゅみしこう》聞こうとしただけですよ。誰がいきなり『自我を論じろ』と言いましたか。誰だよおまえだよ。おまえが勝手に始めたんですよ。深読みしすぎて地盤沈下。文脈依存《ハイコンテクスト》がすぎんでしょ。まじ意味わかんねー反省しろですこのアニミズム野郎」

めちゃくちゃ早口で詰《なじ》られた。

「すまん」

現世、難しいな。

「あーあ。芽々これでもちょーっとシリアスだったんですけどっ」

芽々はぷく、と頰《ほお》を膨《ふく》らませて。

「でもおかげでわかりました。ひーくんが何も考えてないってこと！」

ぺかーっと、いい笑顔で言う。「四捨五入して安全判定ですねっ」

「ひ……なんて？」

「渾名《あだな》です。かわいいでしょ。陽南《ひなみ》の陽《ひ》、飛鳥さんの飛《ひ》、それからひどい先輩のひーです」

……先輩？

確かに年は二つ上だが。同学年として知り合った芽々に、そう呼ばれるのは違和感があった。

両手の細い指先を、机の上で重ね合わせて。

「さて本題に入りましょうか、陽南先輩」

芽々は、問いを投げかける。


「実は、昔の記憶ないでしょ」


それは問いの形をとっただけの確認。眼鏡《めがね》の向こうでさえ、歪まない瞳に浮かぶのは真っ直ぐな確信だった。

「二年、何があったか知らないですけど。あんな剣とか腕とか見せられたら、大体察しは付きます。オカルト案件でしょ。触ると祟《たた》りそうなので深く聞く気はありません。やだばっちい」

なんだこいつ。理解力が、おかしい。

俺は、答える。

「……なんで気付いた」

肯定。俺が異世界から帰ってきた時、現世で過ごした十六年の記憶のうち九割が欠けていた。異世界で二年を過ごした代償、というやつだ。試験で苦労したのはそのせいだ。なんだよ三角関数って。こっちは九九すら一瞬忘れてたわ。

もっとも、常識は（半分くらい）覚えているし、帰って三ヶ月も経てば生い立ちくらいはある程度思い出した。それに——大事なことは、最初から忘れちゃいない。

俺の返答に、芽々はにま、と得意げに口角を上げる。

「芽々、英国クォーターなんですよ。つまりシャーロック・ホームズの末裔《まつえい》と言っても過言」

その理屈だと俺も侍の末裔になれていいな。

「初歩的な推理ってやつです」と嘯《うそぶ》く芽々。

なるほど、記憶がないことは誰にも言っていないが、些細《ささい》な違和感から答えを導き出したのか。なにせ常識も半分くらい忘れていたのだ。俺の言動は傍《はた》から見ると少々妙だったろう。推理の余地はあり得る。

「なーんて。ほんとは別に推理でもなんでもないんですけどね」

けろり、と悪びれずにネタバラシをする芽々。

「だって芽々、元々ひーくんの後輩だもん。同じ中学」

……は？

脳の中から、ひどくぼやけた記憶を漁《あさ》る。

――なんか、昔いた気がする。部員でもないのに中学の天文部・部室に入り浸っていた、みかん色の髪の後輩が。

目の前で同じ色の髪をくるくると弄《もてあそ》ぶ、元後輩兼現同輩。

「芽々、我ながら個性つよつよですから。二、三年会ってないくらいで先輩に忘れられるわけないんですよね～」

なるほどな。そりゃあ、元が知り合いならわかるのは当たり前だよなぁ……。

すーっ。俺は深く息を吸い込んだ。

「じゃあなんだったんだ、初対面のフリしてたのは!?」

「やーん。だっておもろいかなって」

「おまえ嘘吐きじゃなくて愉快犯って言ってください！」

「嘘吐きじゃなくて愉快犯って言ってください！」

「余計タチ悪いな!?」

「あと、芽々の知ってる先輩はいきなりサクランボの自我論じたりしねーので」

そうか？　それは、記憶喪失《そうしつ》には関係ない根拠な気がするが。

「昔の俺は頭が固いな」

「今は頭に豆腐でも詰まってるんじゃないですかぁ？」

「記憶ないから真っ白、てか？」

不謹慎《ふきんしん》で返す。揃ってにやりと笑う。

「くふ。ジョークのセンスが合いますね？　芽々たち」

「ああ。コーヒーとジョークはブラックに限る」

「いやミルクなしでも砂糖ドカ入れじゃねーですかっ」

初めの緊張感はどこへやら。本当に旧知の仲のような打てば響く会話の後、ニコニコとご機嫌な芽々はスマホを取り出す。

「そうだ、インスタやってます？　……アカ失くした？　記憶喪失だとパスワードも喪失ですよね。じゃこっちで友達登録しましょう。ふふ、死蔵《しぞう》のスタンプ送りまくってやりますよ……！」

「秘蔵じゃなくて死蔵なのかよ」

「ひーくんのトーク欄《らん》なんて使い道のないスタンプの墓場で充分ですっ」

寧々坂《ねねざか》芽々は生意気で、いい性格をした慇懃無礼《いんぎんぶれい》の元後輩だった。

だけど嫌いじゃない。むしろ好ましく思ったのは、俺が、友達が少ないからだろうか。

苦笑しながら真っさらになったメッセージアプリ、数えるほどしかいない友達欄に追加して「よろしくな」と伝える。

「ついでに、弄んだお詫《わ》びと言ってはなんですが。友達登録キャンペーンで今なら芽々がなんでも相談に乗ってあげます。なんか色々大変そ～ですし。元後輩のよしみもありますしね。芽々、こー見えて意外と面倒見いいらしいですよ？」

えへん、と胸を張る。本当にいい性格をしていると思った。ずけずけと踏み込んできそうなくせして、気遣いが繊細《せんさい》だ。この辺の塩梅《あんばい》を、俺は忘れているから見倣《みなら》いたい。

なにせ、今の俺は友達が少ない。帰ってきた時に交友関係を軒並《のきな》み失ったからだ。

だって相手のことをろくに覚えてないんだから。当然だよな。

——かつての後輩だった、鈴堂瑠璃《りんどうるり》に嫌われるのも。

だがそんな感傷より、今、頭を占《し》めるのは一番初めにできた、一番気がかりな友人のことだ。

「なあ」

ふざけているように見えて思慮《しりょ》深い、この新しい友達になら相談できる気がした。

「もし大事な友達が嘘を吐いていたら。隠し事をしているとしたら、どうする？」

芽々は思案するように、ゆっくりと瞬きをした。

「そうですね。必要な嘘なら気付かなかったことにします」

芽々は前置く。「少し脱線になりますが」

「芽々、オカルトが好きなんです。世界の秘密が。隠された真実が。でも隠されたものを暴くことが必ずしも正しいことだとは思いません。ミイラ取りがミイラにはなりたくないし。……友達が隠したいことなら、尚更です」


「この世には、必要な嘘だってあるでしょう？」

頷《うなず》いた。

「そうだな。俺は、嘘は吐かないけど」

「あは。ひーくん苦手そうですもんねぇ。……いやさっき一生分適当こいてませんでした？」

「嘘だとわかるのが前提の嘘は、嘘じゃないんだよ」

「詭弁《きべん》！」

――そうだ、芽々の言う通り。真実を知ることが必ずしも正しいとは限らない。

彼女の嘘には意義が、必要があるのだろう。知らせることが、正しいとは限らないのだ。

だからその是非《ぜひ》を問うことは正しくない。

何故なら、正しくないのは俺も同じだからだ。

だから――。

コーヒーの奥底、溶け切らずに沈んだ甘さを飲み下す。喉《のど》が焼けただけだった。

心に決める。

（……俺も、隠し切らないとな）

記憶のことも。

それ以外も。

◆◆

後に予定があると飛鳥が言っていた通り、コーヒーを飲み終えたところでお開きとなった。

芽々は飛鳥の、記憶にあるよりずっと大きな背中を見送って。喫茶店《きっさてん》の扉が閉まる音、馴染《なじ》んだベルの音色を聞きながら、氷の残るグラスの中身をくるくると回す。

「……先輩ってば、瑠璃さんの言った通りでしたね」

随分《ずいぶん》と変わった。そう思って、芽々はくふ、と笑みを溢《こぼ》す。

昔は、紹介する自己はないなんて寒いこと言わなかった。不謹慎なジョークを嬉々として言ったりしなかった。メロンソーダの自我を論じるなんて非常識しなかった。

まるで別人だ。

休業日の店内にはいつものジャズも流れていない。カランコロン、と器《うつわ》に氷がぶつかる音がよく響く。

「ま、芽々は今の方が好きですけど」

かつての常識的でお硬く、生真面目《きまじめ》な、つまらない昔の先輩よりも。

何を言い出すかわからない今の年上の友人の方が、遊び甲斐《がい》がありそうだ。

——寧々坂芽々の在り方は、日常の愉快犯であり、大事なのは楽しいかどうかである。

最後に残った果実を、舌で転がし、飲み込んで。

ぺろり、と薄い唇を舐《な》める。

「さて。向こうは今頃どうなってることやら、です」

夕刻の光差す窓際の席。

後には、空《から》になった器だけが残っている。

2

放課後、「先約がある」とかで飛鳥は先に帰ってしまった。

置いていかれたわたしは昇降口でむっとする。先約って、誰よ。わたしの知らない友達《おんな》？

いやいいんですけど、別に一緒に帰りたかったわけじゃないし、どうせあいつバイトあるから途中までしか帰れないし。

だから当然晩ご飯の約束もなく。今夜は、暇を持て余すだろう。

カレー作りの練習でもしようかな。三日連続カレーだけどわたしは不死身だから大丈夫、味に飽きて死んだりしない。

——今度こそ絶対、成功してみせる！

と、拳を構えてみたものの。わたしの一朝一夕《いっちょういっせき》に料理の腕前が上がるわけでもなく……。

（……高いもの使えば美味《おい》しくなるでしょ！）

マネーイズパワーだ。わたしはお嬢様なので詳しい。

物思いに耽《ふけ》っていたその時、背後から聞こえるひとつの足音に気付いた。

下校時刻の靴箱《くつばこ》前で足音なんて、初めから飽和《ほうわ》している。生徒たちの話し声と雑踏の中、静かなその足音は、なのにやけに耳に障《さわ》った。その音は真っ直ぐこちらへ向かっていたから。

振り返る。

そこには黒髪サイドテールの、中性的な美少女が立っていた。短いスカートから伸びる健康的な足は、足音の軽さを納得させるほどすらりと細く、だけどしっかりと地に足がついていた。

その立ち姿は、特にスポーツとかやってるわけでもなさそうなのに、体幹が良いのが見てとれた。そんな潑剌《はつらつ》とした印象を与えるシルエットに反して、相貌《そうぼう》。仄暗《ほのぐら》い瞳と、下向きの長い睫毛《まつげ》、泣き黒子《ぼくろ》が、ミステリアスな雰囲気《ふんいき》を醸《かも》し出している。

「や。君が、文月《ふみづき》ちゃんだよね」

古い鈴を思わせるハスキーボイス。なんの躊躇《ためら》いもなく初対面のわたしを馴《な》れ馴《な》れしく呼ぶ。

「いいかな。少し顔を借りても」

その口調は、一聞《いちぶん》すると許可を取っているように聞こえて、有無を言わせない。

つまり彼女の意を訳すると――『ちょっとツラ貸せ』って……こと!?

平均程度の身長、目の前の少女はわたしを見上げているのに、その微笑には静かな侮《あなど》りがあった。警戒を露わに、返す。

「あなた、誰?」

意訳すると『なんだテメェ』です。お嬢様、苛《いら》ついても暴言吐かない、これ嗜《たしな》み。

さてわたしの買い文句に気付いたかのどうか。涼しい顔で答える。

「そうだね……こう言えばわかるかな。僕の名前は鈴堂瑠璃。肩書きは生徒会副会長、元天文部、それから」

そして彼女は、薄《うっす》らと、暗い瞳を細めて喧嘩《けんか》を売った。

「センパイ——飛鳥君の……昔の女、かな」

◆

「だからって。なんでゲームセンターなのよ」

あんな自己紹介をされては、望み通り顔を貸し出すしかない。

瑠璃の指定した場所はわたしも行き慣れた地下の遊技場。飛鳥と友達になった例の場所だ。

着くなり瑠璃が「あのゲームにしよう」と言い出し、することになった二人協力プレイのゾンビ撃ちまくりゲームにコインを入れながら、わたしは何故と瑠璃に訊く。

「だって。話があるからって君と仲良く飲むお茶なんてないし。それに、この手の密談は地下が相場だろう？　ここなら何を話してるか、他人には簡単に聞き取れないし」

だからって、仲良く遊ぶ義理もないのだけど。

でも、ゲーセンまで来ておいて遊ばないのはわたし的にもマナー違反だ。仕方ない。

——鈴堂瑠璃。彼女の名前だけは知っていた。テスト後の成績一覧表で一番上にあった名前だから。つまり学年一位、究極の優等生。そう思えば傲岸《ごうがん》不遜《ふそん》な態度にも納得はいく。受け入れはしないけど。

筐体《きょうたい》に備え付けられた拳銃型のコントローラーを握りながら、瑠璃は平然と言う。

「それにここは思い入れのある場所だからね。君だけじゃなくて、僕にとっても」

ぞく、と寒気がする。何故、わたしがここに思い入れがあることを知っているのだろう。

「見てたから。君が、センパイと逢引《あいびき》するのを」

ニコッと笑う瑠璃。引くわたし。

「ストーカーじゃない……」

スタートしたばかりのゲーム画面。目の前のいきなり襲いくるゾンビに対し、動揺《どうよう》したせいか早速銃の照準がぶれる。……ウッ、わたしゲームでもノーコンなの？

「心外だな。僕はわざわざ隣に引っ越したりしないのに。偏愛は君の方だろ？」

「なんで知ってるのよ！　ストーカーじゃない!!」

瑠璃は鷹揚《おうよう》と銃を構えて、目を細める。

「僕らはね、ずっと昔からのお付き合いなんだ。あの人が成長期に僕の背を追い越すのも見てきたし、声変わりだって聞いた。センパイのことはなんでも知ってる。ならば、センパイに近付く女のことも、ね」

ヒッ。本当にストーカーだった……。

瑠璃に気を取られて画面からわたしが視線を外した、その瞬間。ゾンビに食われそうになったところをすかさず瑠璃がヘッドショットで片付ける。そのまま残りも全部撃つ。一発も外さなかった。「……やり込んでるのね」「ううん、このゲームは初めてかな」

嘘ではなさそう。異様に要領が良いたちだろう。苦手なタイプだ。

「大丈夫、ストーキングなんて非生産的なこと本気でやる甲斐はないから」

「やってはいるでしょ、その言い分は」

「その時間で、僕ならもっと生産的なことするよ。たとえば——生徒会の立場から先生たちをちょっとやる気にして、試験の難易度上げる、とかね」

そういえば。二年振りの試験はやけに難しくなっていた。妙だ。自由な校風が取り柄の高校で、かつてはそうでなかったはずなのに。

「二年前は参ったよ。センパイったら突然失踪《しっそう》しちゃったんだから。まるでエイリアン・アブダクションだね。UFOみたいな超常が相手じゃ、流石《さすが》の僕もお手上げだ」

認識阻害の魔法でも、近しい人間ならわたしたちの失踪を忘れたりしない。認識になんの摩擦もなく、失踪に言及できるのは、昔の彼と親しかった証《あかし》だ。

「だから、せめて僕はできることをやろうと思って。センパイが失踪している間に、試験を難しくして留年生が増えるようにしておいたんだ」

「……は⁉」

え、なになに？　どういうこと？

「だって、戻ってきた時にセンパイが浮いたら大変じゃないか。留年仲間はいたほうがいいだろ？　……ま、無駄《わけ》なことだったみたいだけど」

さも当然、と理由を口にする瑠璃に、わたしは声を震わせた。

「あ、あ……悪魔!!」

何が『もっと生産的なこと』よ！　留年者を量産するのは非生産的悪行ではなくて!?

「いやセンパイ勉強得意だったし。試験難しくなっても平気だと思ったんだけどな～」

「飛鳥以外の人生なら滅茶苦茶《めちゃくちゃ》にしていいわけでもないわよ!?」

悪魔と魔女ってどっちが強いのだろうか……。絶望しながら、弾丸をリロードする。

ごめんなさい、飛鳥の巻き込み事故を食らって留年した見知らぬ誰か……。人畜有害《りんどうるり》に代わって謝罪します。

「さて、失踪している間のここまでの献身で、僕が昔の女である証拠には足りないかな？」

献……身……？　まさかこの子、己の悪行を善行とカウントしている!?　自覚ない悪って、最悪じゃない！　いやでもそれって……まさか、悪としてわたしより格上ってこと!?

ま、負けた……。

一瞬打ちひしがれる。けど、こんなところで敗北している暇はない。一般人（?）に魔女として悪行マウントを取られるのも、耐え難いけれど。――それ以上に。

『昔の女』の自称が腹に据えかねた。そんなものより、今の友達《おんな》の方が上でしょう？

く、と腹の奥底に力を入れる。銃を握りしめる。

マウントを取っていいのは、取られる覚悟のあるものだけよ！

画面の敵を撃ち倒す。ステージクリア、次の戦場へ。息継ぎをすれば頭もクリアになる。

笑う。

「ハッ。どうせ昔の女って、狂言でしょ。陽南君に彼女がいた話なんて聞いたことないわ。これでもわたし、昔は顔広かったんだから」

それにかつての陽南君には口の軽そうな親友がいた。噂《うわさ》にならないはずもなく、わたしが知らないはずもない。

確かに、瑠璃は美少女だ。中性的な印象と少女らしい繊細《せんさい》さ、健康的なのにミステリアス、相反する不思議な魅力がある。……わたしも見てくれには自信あるとはいえ、引け目を感じるくらい。だけど！

彼女の、なだらかな上半身。摩擦のない断崖絶壁《だんがいぜっぺき》。服の内側に虚《うつ》ろなまでの丘陵《むね》を幻視する。

そこは、わたしのとは標高が比べ物にならない。

――勝った！

「(わたしのはギガントでギャラクシーでゴージャスだし……！)」

ぼそりと小声でGを誇る。

瑠璃は、わたしの視線から唇の動きを察してか。だけど、ふ。と不敵に胸を張る。

「僕のは〝アルティメット〟だぜ？」

なっ……！

「――いや、AじゃなくてU《ultimate》じゃない!?」

「うん。Uだから君より大きいよ。器《うつわ》が」

……ほんとだ!?

わたしは戦慄した。

で、でも『男なんてみんな巨乳好き』って母が言ってたし！　言ってたもの！　まだ勝てる！

けれど瑠璃は無情にトドメを刺す。

「ちなみに、センパイはスレンダー派だったよ」

負けた……。しかも好みを知ってるとか、やっぱり本当に昔の女かもしれない……。

わたしは軽くショック死した。

「というか、今時胸のサイズで張り合おうとするなんて時代錯誤《じだいさくご》にも程があるぜ？　流行《はや》らないよ最近はそういうの。倫理《りんり》大丈夫そ？　二年で世間の風潮から遅れてるぅ？」

オーバーキル。正論で殴《なぐ》るはやめてほしい。

というかその、自分から無茶苦茶を言っておいて掌《てのひら》を返す論調、なんだかちょっと飛鳥に似てるような——やっぱり、昔の女ってこと……!?

キルレートを一方的に重ねられる最中。わたしは再三、我に返る。

——いやっ、よく考えたら関係ないいんだわ!?　昔の女も、あいつの好みも！　だってわたしたち、友達だし。ただの友達だし!?

苦し紛《まぎ》れに画面に向かってダダダダと銃を撃つ。弾切れはあっという間。

瑠璃は、目を妖しげに細める。心の声を呼んだみたいに、こちらを見透かして。

「安心しなよ。そんな目で見なくとも、取って食いやしない。僕は今の飛鳥君のこと……大嫌いだからさ」

低く暗く、言った。

「ただ僕は——君に忠告しに来たんだ。君の偏愛も、とっくに腐ってる相手には無意味だって」

「……どういう意味？」

ラストステージ。瑠璃を問いただす前に突然、敵の波が来る。これまでとは比べものにならない死体の群れ。今更、画面の中の怪物に怯《おび》えるようなかわいげはない。

「お化けの中でもゾンビなんて、かわいいものだよね。見た目に動きに腐敗臭《ふはいしゅう》。すぐに、人間じゃないものだとわかる」

「それについては同意だわ」

ひと目で人外とわからない存在《もの》はたちが悪い、と自嘲《じちょう》する。

「ねえ文月ちゃん。哲学的ゾンビって知ってる？　知ってるよね。君、文学少女もどきだもの」

「……知ってるわ。倫理は得意科目なの。もどきは余計」

思考実験だ。人間とまったく同じ見た目と言動で、けれど〝心〟だけがない人間がいたら、という仮定の話だっただろうか。

「そう。人間のフリをしているだけの生き物が、もしいたら。見分けるのは困難だろうね。ソレが元は人間だとして——元の人間性を、知っていなければ」

話が見えない、繫《つな》がらない。だけど、関係ない話をするわけないという負の信頼が、目の前の少女にはあって。

嫌な予感が、心臓を鳴らす。

「なんの、話をしているの……？」

手を止めたせいで、死んだ。腐っても協力プレイだ。どれだけ片割れがうまくやろうと、一人だけではエンディングに辿《たど》り着けない。無情に、ゲームオーバーの二文字が浮かぶ。

「何って、あの人の話だよ」

瑠璃は銃を、下ろす。静かな瞳。

「君は、帰ってきたあの人が――」

その瞳に浮かぶ色を、知っている。諦念《ていねん》、あるいは嫌悪。


「――本当に、同じ陽南飛鳥《センパイ》だと思うのかい？」

3

わたしは玩具《おもちゃ》の銃を握りしめたまま。どういう意味、と聞き返すこともしなかった。心臓が鳴る。瑠璃の言葉の意味を理解したくない。

その気持ちを、知ってか知らずか。

筐体《きょうたい》のリザルト画面、その青白い光に照らされて、瑠璃は淡白《たんぱく》に話し続ける。

緊張が膜《まく》のようにわたしたちを包んで、場の喧騒《けんそう》から切り離す。周りはもう、見えない。

「戻ってきたばかりの頃、センパイは病院に入ってたろう」

「……そうね。怪我《けが》、してたから」

異世界《むこう》から帰る時に、わたしを庇《かば》ったせいで。

「僕は見舞いに行ったよ。当たり前にね」

わたしはその情景を思い浮かべる。無機質な白い壁紙、清潔が過ぎるアルコールの匂《にお》い、大部屋特有の他者の息遣い、奥のベッドで起き上がる彼の顔は窓からの逆光で見えない。

情景は、想像に過ぎない。——だってわたしは、見舞いには行かなかったから。

帰ってきたばかりのあの頃、わたしたちは未だ友人ですらなく、まだ敵同士を言い張る気力も尽きていた。関係が曖昧《あいまい》で宙吊りだったあの時期は、会いに行く口実を持ち合わせていなかったから。

想像の中でだけ、病室の扉を開ける瑠璃に花を持たせる。せめてもの抵抗に、見舞いには相応《ふさわ》しくない紫の花を持たせて。

「そうして二年振りに再会して、僕ら顔を合わせたその時に、言ったんだ。『誰だ』と」

……彼が？　昔馴染《むかしなじみ》のはずの、鈴堂瑠璃のことを？

まさか——

「記憶喪失《そうしつ》、だとでも？」

悪い想像で導き出した自分の答えに、不思議と驚きはしなかった。納得はあった。それは彼が昔話をする時、自分のことなのにやけに曖昧な言い方ばかりしていたから。

だけど瑠璃は、首を縦に横に振る。

「そうだ。だけど、そうじゃない」

真っ黒な瞳が、こちらを見据える。

「確かに、センパイは僕のことを顔も名前も覚えちゃいなかった。だけどね、言ったのはセンパイだけじゃあない。言ったのは僕らだ」

——想像の中で、瑠璃が花束を取り落とす。

花は、リノリウム材の地べたにぐしゃりと落ち崩れる。

『君こそ、誰だ』

「それは、そうよ。だってわたしも二年振りに会って、その時にはわからなかった。あいつは見た目が変わりすぎてるから」

早鐘を打つ心臓に合わせて、口が早くなる。消えない嫌な予感を誤魔化《ごまか》すみたいに。

瑠璃は震えぬ声で、ゆっくりと諭《さと》すように。

「見た目じゃない。中身の話だよ」

問う。

「君も本当は、おかしいと思ってたんじゃないか、今のあの人のことを。——昔のセンパイは、あんな人だった？」

昔の彼のことを、思い出す。

……友達が多かった。間違っても今みたいに、新学期の自己紹介でやらかす奴じゃなかった。

周りをよく見てる人だった、文化祭でわたしの不調に気付くくらいに。なのに今や、五月にもなって同級生の顔さえろくに覚えていない。

几帳面《きちょうめん》で、丁寧《ていねい》な性格だった。毎日自分で作ったお弁当を持ってきていた気がする。冷蔵庫が空《から》っぽで、飢えて倒れるなんてありえない。

昔の『陽南君』は、あんな、雑な脳筋じゃなかったし、私服だって多分変じゃなかったし、不謹慎《ふきんしん》な冗談言って笑ったりは、しなかったはずだ。

その違和感すべてに、『異世界ボケ』とわかりやすいラベルを貼って、自分を納得させてきた。本当は、そうじゃなかったとしたら？

「……記憶喪失のせい。いえ、違う……」

だってそれなら。なんで黙ってた⁉

わざわざ隠すようなことじゃない。異世界で失くしたなら尚更だ。

だって、わたしたちは過去という秘密を共有するために友達になったのだから。

かつて結んだ友好条約の内容を思い出す。

『向こうで互いが経験したことには首を突っ込まない』。それはつまり、都合の悪いことには黙秘権を行使するということ。その協定を言い出したのは、彼だった。だが、『笑い話になるなら可とする』と、例外処理をしたのも彼だった。

あいつの性格なら、記憶喪失程度ならあっけらかんと笑い話にしてもおかしくないのに。

わたしの呟《つぶや》きに、瑠璃は頷《うなず》く。

「それだけじゃあ、ないのだろうね」

そう、わたしにさえ隠すということは。記憶喪失以上に言えない話だということ。

それはつまり。わたしが同じように隠している、不死身に匹敵する秘密ということ。

笑えない話だということ。

だとしたら——何？

「ここから先は、君にとって眉唾《まゆつば》だろう」

いいえ大丈夫、と首を振る。

「昔《はじめ》の女から眉唾だと思ってるわ」

ならばこの際、最後まで聞いたって同じだ。差し障《さわ》りない。

瑠璃は無言でにこりと笑った。眉唾扱いが不満だったんだろうな、と思った。知りません。

だから早く、言って。

「僕はね、人よりちょっと勘がいいんだ。だからこれはただの〝第六感〟、信じるに値しないオカルト話だ」

だけどわたしには、魔法《オカルト》が唯一信じるに足るもの。

耳を、傾ける。彼女は語る。

「僕には、思えるんだよ。陽南飛鳥《センパイ》を名乗るあの人は、人間のふりをした——」

「——あれは、『　　　』だって」

鈴の音の声は低く穏やかで。

けれどそれは聞き紛《まが》いようのない、唾棄《だき》だった。

「……なんて、所詮《しょせん》は自称『昔の女』の妄言かもね。信じるかどうかは、好きにすればいい。でも。君が賢ければ、どうすべきかはわかるだろう?」

◇
◆

彼が、咲耶からのメッセージに気付いたのは、かろうじて賑《にぎ》わう駅前の繁華街《はんかがい》で、掛け持ちの肉体労働《アルバイト》を終えた夜十時過ぎだった。

『話があるの。できれば、すぐに』

終業時刻を見計らって送られただろう、メッセージは数分前。返信するも、既読はつかない。電話をかける。すぐ、と彼女は言った。その早急さに、何か不穏を感じた。

だが電話は繋《つな》がらない。留守電を残す気にはなれなかった。

繁華街を少し外れれば、見える星の数より街灯の方が少ない暗い夜道だ。いつガタが来てもおかしくない中古の自転車を耐久限界速度で走らせる。

そうして、互いの家の前まで帰ってきたものの。外から見える咲耶の部屋の窓は、暗く、彼女の不在を知らせていた。

ようやく折り返しの、着信音が鳴る。ほぼ同時に受話器のボタンを押した。「どうした」と真剣に問いかける。わざわざあんなメッセージを残すくらいだ。何か、あったのか。

だが当の彼女は、電話越しに、切羽詰《せっぱつ》まった様子もなく前置きもなく、穏やかな声で告げた。

『わたしたちが初めて二人きりで話した場所に。今から、来てくれる？』

電波にかすれた甘い声は、返事を待たずに途絶えた。

——初めての、場所。

少し、考えて。山の麓《ふもと》を見上げる。坂の上には学校がある。
・・・
あそこだ。

自転車を投げ捨てるように走り出す。ここから先は、一人ならば生身の方が速い。


夜の学校は、本来ならば警備は厳しい。二年前、ここで二人の生徒が失踪《しっそう》したせいだ。だが監視の機器は今日に限っては役目を果たさないだろう。監視カメラの周りには、僅《わず》かに光る赤い魔力の残滓《ざんし》が残っている。

——それこそが、彼女がここにいる証拠だ。

校門に手をかけ飛び越え、校舎へ。警備はまやかされているとはいえ、正面から堂々と入る気にはなれない。二階に開いている窓を見つける。壁を蹴《け》って登れば、侵入は容易。

真っ暗な廊下《ろうか》に足音ひとつ響かせず、校舎内の捜索をショートカット。目指すは閉鎖された屋上に続く扉、そこだけだ。

扉には固く鍵《かぎ》がかけられている。かつて屋上の使用権を持っていた天文部は既に廃部となっており、今、鍵を持つものは誰もいない。

だが、微《かす》かに残る赤い粒子が光って、扉はあっけなく開いた。

彼女の前では鍵など無意味だ。――鍵を司《つかさど》る【魔眼】を持つ、魔女の前では。

扉を開けた瞬間、強い風が吹き抜ける。屋上は、埃《ほこり》っぽい匂いの他には無臭《むしゅう》。空は雲ひとつない夜の快晴で、頭上には煌々《こうこう》と満ちた月が光っている。

屋上の端で、制服のまま物憂《ものう》げに佇《たたず》む彼女の横顔を見つけ、彼は足を止めた。

「……咲耶」

名前を呼ぶのは、何故か躊躇《ためら》われた。

「早かったわね」

手摺《てす》りに寄りかかっていた彼女が振り向く。その微笑《ほほえ》みは作りもののように完璧《かんぺき》で、だけど赤く光る瞳と同じように赤い唇が、場と制服と、不釣り合いで毒々しい。

そして、その手には赤色の原因だろう、口紅のケースを握っていた。

何故、名前を呼ぶのが躊躇われたのか理解した。普段の薄化粧《うすげしょう》と違う、血のような口紅。その紅を引いた笑みが、異世界《あのころ》をフラッシュバックさせる。

名前で呼ぶよりも、【魔女】と呼ぶ方が正しいと思わせるから。

「おまえ……こんなところで何してんだよ」

問う。決戦《いつか》の時と同じように。

彼女は――魔女は、数歩先の薄闇の中で静かに笑みを湛《たた》えて、問いには答えず言った。

「記憶喪失《そうしつ》と思ったけど、この場所のことは覚えてたの。すべて忘れていたわけじゃないのね」

試されていたのか、と理解した。だが、なんのことだかという顔をしてしらを切る。

「覚えてなかったら、異世界《むこう》で会った時、おまえの名前を呼べたか？」

「あら。仲の良い後輩の名前すら、覚えてないのに？」

心中で舌打ちをする。――誰か告発《ちく》ったな。芽々か？　いや、違うな。

彼女は詰問する。

「わたしのことは、たまたま覚えていただけでしょ」

無言。肯定はしない。

くすり、指先で口紅を弄《もてあそ》びながら、嘲《あざけ》るように彼女は笑う。

「――あなた、わたしと違って嘘はあまり吐かないけど。隠し事はするのね？」

嘘は苦手だ。それは嘘を吐くまではいいとしても、正しい答えを突きつけられると丸をつけてしまう性分のせいだったな、と思い出す。

認める。

「だったら、どうした？」

我ながらひどく冷淡な声が出たな、と。なんの感慨《かんがい》もなく、そう思った。

「そんなことを確かめるために、こんなところに呼んだのか。不法侵入までして」

論点をずらす。夜の学校に無断で入り込むリスクと不道徳を糾弾《きゅうだん》する。

彼女は仮面を剝《は》がすように、先程まで浮かべていた【魔女】の笑みを落とす。残るのは綺麗《きれい》な無表情。文月咲耶の素顔。けれども唇だけがずっと赤いまま。

静かに、言った。

「そうね。……もしわたしが賢ければ、あなたを『おかしい』と言った瑠璃《あのこ》の言葉を、昔の女の戯言《たわごと》だと片付けられたでしょう。だけどわたしは愚《おろ》かな女なの。植え付けられた疑念を、自分で確かめずにはいられない」

ずらした問いかけに返ってきたずれた答えに、彼は眉を顰《ひそ》める。

「……おい、待て。昔の女ってなんだ」

咲耶はしたり顔で頷く。

「わかってるわ、あの子のことは覚えてないんでしょう?」

——覚えがないんだが?

「安心して。問い詰める気はないから」

——俺が問い詰めたいんだけど⁇

何だよ昔の女って。いやマジで。

だかそれを言い出せる空気でないことは、彼にも理解できた。それが、今はどうでもいいことだということも。

ふう、と軽く息を吐いて彼が両手を上げるのを見て。咲耶は思った。降参の風情《ふぜい》はきっと姿勢だけだ。

「黙ってて悪かったよ。でも、自分の名前も家族のことも実家の場所もすぐに思い出したし、他にも色々思い出してきているんだぜ？　だから、黙ってても問題ないと判断したんだ」

彼は薄く笑って、軽く言う。なんでもないことのように。

「それに、おまえのことは初めから、ちゃんと全部覚えている」

そう、だから咲耶は気付けなかったのだ。自分のことを忘れていなかったから、彼の記憶の不確かさを疑うことがなかった。

「だから、何も問題はない」

淡白《たんぱく》すぎる声色。彼はきっと、本気で言っているのだと思った。

拳を握りしめる。

「問題ない、ですって……？」

拳の中で、握り締めた口紅のケースがみしりと音を立てた。

苛立《いらだ》ちを呑《の》み込んで、睥睨《へいげい》する。

「……ええそうね、問題は記憶のあるなしじゃないわ。問題は――」

「どうして失くしたか、よ」

記憶喪失は、一般的には何が原因で起こるのだったか。事故、病、強い心理的ショック、あるいは脳の損傷……どんな理由でもろくでもない。

「さぁ、向こうで頭をしたたかに打ったのかもしれないな」

「下手《へた》な誤魔化《ごまか》しね」

かつて、笑い話にならない過去の追及はしないと約束した。だけど。

「わたしはもう、笑い話で済ませる気がないわよ」

夜風。真っ黒な空の月明かりが、煤《すす》けた屋上の灰色《コンクリート》に影を落とす。二人分の影は屋上の端と真ん中に離れて落ち、互いの距離は遠く埋まらない。

「それじゃあ、確かめごとを続けましょうか」

問い詰める。遠い昔のようなたったの八日前。彼が地下で答え合わせをしたように。

――まずはひとつ目。

「あなた、随分《ずいぶん》と背が伸びたじゃない？　昔はわたしと同じくらいだったのに。なんでかしら」

瑠璃の発言を信じるとすれば、彼は召喚される前に成長期をとうに終えている。今更この年で十センチ以上も急に伸びるわけない。

「めちゃくちゃ牛乳飲んだからだ」

「なわけないでしょ。あなた嘘は吐かないんじゃなかったの？」

「嘘じゃない。冗談だ」

余計たち悪い。舌打ちをする。

——次に二つ目。

「その目も、随分よくなったわね。昔は分厚い眼鏡《めがね》をかけていたのに。でも目の色まで変わるなんて、なんか嫌ね。まるで眼球を取り替えたみたい」

「オッドアイの君が言うか？」

「わたしのはただの魔眼だし。色違って当たり前でしょ」

「……ただの？　当たり前か……？」

今、それは関係がない話だ。脱線させようなんて魂胆《こんたん》は無駄、と視線で伝える。

彼は溜息と共に前髪をかき上げる。夜の中でもはっきりと視認できる、青色の双眸《そうぼう》。

「正真正銘《しょうしんしょうめい》、これは自分の眼だよ。聖剣を使った影響で青くなったが、ただの色移りだ」

「洗濯物《せんたくもの》みたいに言うのやめて」

でも。

「そう、つまり。目の色が変わったことと、目がよくなったことに相関関係はないのね。じゃあ……どうしてよくなったのかしら？」

異世界レーシックなんて冗談言っていたっけ、と思い出す。あの頃は真に受けなかったけど。

——そして三つ目。

「その義手《ぎしゅ》、外せないって言ってたわよね。外せないなんて、まるで『呪われた装備』ね？」

「『聖剣』に使う言葉じゃねえな。別に、外せないのは『呪い』なんかじゃない。ただ、生身《うで》と完全に接続されているだけだ」

「そう。じゃあ、誰があなたに聖剣を繫《つな》げたのかしらね？」

返答は、沈黙。彼女が何を言わんとしているのか、気付いたのだろうか。

不自然に伸びた背、良くなった視力、繫げられた聖剣の腕。そこから、導き出される答えはシンプルだ。

――最後に、四つ目。

「異世界の言語について」

彼女は追及を続ける。

「あなたは初めに異世界語の翻訳《ほんやく》機能をもらった、と言ったわよね。わたしはいちから言葉を学んだわ。言葉を翻訳する魔術、なんてものはあの世界にはないから」

異世界で過ごしたのは二年とはいえ、仮にも魔女だ。使える使えないにかかわらず、異世界に存在する魔法はすべて知っている。

「魔法でないとすれば、人類の技術かしら。どうやったのかしらね。たとえば――」

魔王側で過ごした魔女にとって、異世界の人類について知っていることはごく僅《わず》かだ。

機械の都に棲《す》んでいるということ。聖剣の機械的な造形から見てとれるように、技術体系は、ファンタジーというよりは近未来的であること。そのくらい。

だからそう、たとえば。

魔法ではなく外科的に。

「――言語を直接、脳に流し込む、とか」

シンプルな答えは、人体改造。

彼はもう、相槌《あいづち》を打たなかった。

――記憶喪失の一因には、脳の損傷が挙げられる。

彼女は、思考を反芻《はんすう》する。

馬鹿だ。なんで気付けなかった。改造が、目だけで済むものか。手足だけで済むものか。

一番、大事なものがあるだろう。

こみ上げる怒りに、目の前が真っ赤に染まる。

問いの答えを突きつける。

「おまえ、脳味噌弄られていたんだろう!!」

飛鳥は――否《いな》、陽南飛鳥だったはずの何かは、答える。

「だからどうした」

――最悪な、肯定を。

ばきり、と口紅を握り締めていた拳の中で爪が割れた。爪の破片が手のひらに食い込むのも構わずに、痛みを握り続けた。
黒い瞳の少女が、過去から囁《ささや》く。
『君も気付いているのだろう？』
ああ、ようやく気付いた。
今更。

『――あれは、「バケモノ」だって』

今更、
今更！
手遅れに。

――異世界召喚という概念《モノ》がある。
ある日突然、少年少女は異なる世界に喚《よ》び出され、滅びゆく人類《ひと》に願われる。
『どうか異世界《セカイ》をお救いください、勇者様』と。
けれども、その願いは不合理だ。
別世界の平凡な人間には、友も家族もいない見知らぬ異世界を救う理由がなく。

たとえ特別な力を与えても、戦《いくさ》すら知らずに安穏《あんのん》と生まれ育った現代の少年ごときには、滅びゆく世界を救う適性などない。

それでも、ようやく召喚できたその人間を使うしかないのなら。

それでも、彼を切り札として勇者に祭り上げるしかないのなら。

どうすれば合理的なのか。

答えは決まっている、と人類《かれら》は言った。

——身体《からだ》を作り替え、脳味噌を書き換え、人間性など取り除いて、世界を救える兵士に作り変えてしまえばいい。

そして『世界を救え』と命じれば、正しく【勇者】は出来上がる。

合理的で効率的で——それだけの、結論。

その真相に、彼女の推測《アレ》はようやく辿《たど》り着いて、理解した。

——今、目の前にいる彼は。陽南飛鳥の〝成れの果て〟だ。

と。

◆

だとしても。

わたしの覚悟は、とうの昔にできている。

【間章】

腐った青色、月の窓。

――あの夜、わたしは覚悟をした。

0

わたしたちが現世に戻ってきたのは、まだ寒い二月のことだった。

帰還は無傷で成功、というわけにはいかなかった。何せわたしたちは互いの陣営を裏切っている。追われるのは必至でしかも回復魔法はない。

ようやく現世への転移術式を手に入れて、帰還が叶ったと思ったら、魔術の座標設定が悪くて空から落ちた。落ちた先は学校の屋上、硬いコンクリート。飛鳥《あすか》はわたしを庇《かば》い、下敷きになった。魔法で緩衝《かんしょう》はしたし、受け身は取ったものの飛鳥は裂傷《れっしょう》、擦過傷《さっかしょう》、打撲《だぼく》やら、とにかく軽傷のオンパレードでそのまま病院送りになっていた。

それで、嘘がド下手《へた》なあいつは入院中にうっかり異世界のことを口走ってしまったというのだからお話にならない。周りに怪しまれて騒ぎになった、と病室を抜け出した彼に公衆電話で泣きつかれたので、わたしが魔法で記憶を書き換え事態の収拾《しゅうしゅう》をする羽目になったのだ。

本当に、ありえない。

その頃わたしたちの仲はまだ険悪で、飛鳥の『たすかる』『悪い』『ありがとう』という謝意の言葉すら冷たく聞こえたし、わたしも刺々《とげとげ》しい返答しか持ち合わせていなかった。

そうして事態の収拾を終えたけど。彼は何故かそのまま病院の外へ向かおうとしていた。

「とっとと病院、戻んなさいよ。肋骨《ろっこつ》とか折れてんでしょ貧弱勇者」

「戻る時、誰がおまえのこと庇ったと思ってんだ。ありがとうございますも言えねえのか」

「あらあらあら。失言かまして無様に泣きついてきたのはどちら様だったかしらぁ」

「はいはいありがとうございます。ありがたすぎて涙出そう」

「この半笑い野郎。顔面鏡に突っ込め」

「うっせえ。脳味噌治安最悪女」

中身のない薄っぺらな罵倒《ばとう》の応酬《おうしゅう》、条件反射のように悪態を吐くだけの虚《むな》しい関係。

患者衣《かんじゃい》のまま、目の下に深い隈《くま》を作った彼は立ち止まって、溜息を吐いた。

「……せっかく抜け出してきたから、一回、家に帰ろうと思ったんだよ」

「あんた、家族……」

「いないけど。いないからさ、家、ほったらかしなんだよ」

そうだ、知っている。彼が昔から一人暮らしをしていたことは。改めて気付く。やっと現世に帰ってきたのに、この人には「おかえり」と言ってくれる人もいないのか。わたしが最初からしかめ面《つら》をしていて良かったと思った。

　飛鳥はぼんやりと虚空を見て、呟《つぶや》く。

「家、アライグマにめちゃくちゃにされてたらどうしよう」

「……はい？」

「舐《な》めんなよアライグマ被害。あいつらかわいい顔してえげつねぇんだぞ」

　気が、抜ける。

「そういうこと、なら？　ええ、帰るといいんじゃないかしら。よくわからないけど」

「……で、なんでおまえはついてきてんの」

「別に、いいでしょ。暇なのよ」

「あそ」

　ついてくるな、とは言われなかった。

　深夜、冷え冷えとした道を無言で歩き続ける。山際のここは獣が出るくらいには辺鄙《へんぴ》で、夜に人とすれ違うことは滅多《めった》にない。だけど街灯が足りないなんてことがないくらいに街で、少し前を歩く彼の横顔ははっきりと見えた。冷たく無表情。なんの感情も浮かんでいない。

　わたしの格好は上等なワンピースに柄《がら》の悪いスカジャンなんておかしな組み合わせで、二月にはまだ寒すぎる服装だった。わたしもまだ、現世のやり方を思い出せないでいたのだ。

　けれど飛鳥が患者衣のまま、わたしよりもずっと寒そうな格好で、顔色ひとつ変えずに歩いているのを見て。じくじくと心臓が痛んだ。

──寒いとか、多分、彼は忘れてしまったのだ。

袖《そで》から見える右腕は、痛々しく包帯に覆《おお》われている。その中身が何であるかをわたしは知らなかった。あの包帯は異世界《むこう》の特別製だから、巻いているかぎり中身を魔法で探ることもできない。でも、隠さなければならないものである、というだけで語るに落ちた。

「……異世界なんてろくでもないわね」

わたしは昔からそれなりに物語に慣れ親しんできた。映画に小説、それからゲームも。

「ファンタジー、結構好きだったのよ。知らない場所で違う自分に生まれ変わって好きに生きる。そういうの、少し憧れてたの」

現世では、窮屈《きゅうくつ》な優等生だったから。

く、と飛鳥は皮肉げに笑みを零《こぼ》す。

「好きに生きれはしなかったけどな」

知らない場所で、違う自分に生まれ変われはしたけれど。

「しかも人類、ファンタジーっぽくなかったぞ？」

「……そうね。あいつら、ディストピア小説みたいな街に棲《す》んでたし」

「はは。もう二度とSF読めねえ」

「代わりにファンタジーを読むといいわ。そうね、異世界モノなんてどう？」

「今更？」

「今だからよ。だってわたしたち、世界で一番、異世界モノに感情移入できるじゃない？」

現実に幻滅した分だけ、虚構に期待をすればいい。

「明るいストーリーがいいわ。間違いや後悔《こうかい》なんて少しも感じたくない。好きな人を助けて嫌いな奴を倒して、凄《すご》い力で願いを全部叶えられて、努力だってきちんと報われて――ご都合主義なくらいにハッピーエンドで。最高でしょ？　やっぱり『異世界』はそうじゃなくっちゃ」

飛鳥は苦虫《にがむし》を嚙《か》み潰したような顔をした。

「そんな話読めるか。羨《うらや》ましくて死にそうだ」

「そうね。わたしもそう思ってた。だから――あんな異世界《セカイ》なんて要らないと思ったの」

「……それで滅ぼそうとするのはマジでイカれてる」

「なんて、本気なわけないでしょ。もっとちゃんとした、私怨《しえん》で滅ぼそうとしたわよ」

それに救おうとする方が正気じゃない、と思った。世界のことも、わたしのことも、だ。

彼の怪我《けが》の主な原因は、帰りにわたしを庇ったことだ。馬鹿げてる。わたしは不死身だ。落ちる時だってわたしが下敷きになれば、無傷で済む話だった。

――正体を明かせば、彼はちゃんとわたしを下敷きにしてくれただろうか。

「……なんで、わたしなんかを助けたのよ」

「ハッ、理由なんているかよ」

「そう。お優しいことね、勇者様」

「俺はそう呼ばれるのが嫌いだよ」

「飛鳥」

「ん。それで、いい」

吐いた息が白かった。

電車もバスも走っていない時間。半端《はんぱ》に田舎《いなか》っぽい町のひと気のない道を歩き続けて、ふと。

彼は、足を止めた。二年の間で田畑が減り、再開発が始まった地区。

「……どうしたの？」

目の前は更地《さらち》だった。ぽっかりと空《あ》いた区画に売地の看板。飛鳥は、その空白を見つめて。

「家、ここ」

「は？」

「なんか、家、なくなってんだけど……」

わたしは言葉を失う。

やっと帰ってきたはずだったのに。おかえりどころか、帰る家すら、ない、現実。


「……く、あははははは！」


つんざくような声で、彼が笑った。ぞっと寒気がしたのは、冬のせいなんかじゃなかった。

『壊れてしまった』と思った。

「ハハッ……こんなことってあるかよ、すげえな人生!!　まだ落ちるか!?」

——かつてあなたは穏やかに笑う人だった。そんな土砂崩れのように嗤《わら》ったりはしない。

「ふっ、くく……やっべ、骨に響く……痛、死ぬ、死ぬ無理、クソッ痛ってぇな死ね!!」

──かつてあなたは柔らかに話す人だった。そんな錆《さ》びたナイフのように喋《しゃべ》ったりしない。

「あーあ、もう笑うしかねえだろこんなの。いっそこのまま隕石でも降ってきたら、最っ高だ!!」

──かつてあなたは綺麗《きれい》に目を輝かせる人だった。そんな、死んだような、腐った目を──陽南《ひなみ》飛鳥はしなかった!!

肺が重たく苦しい、そんな錯覚《さっかく》に襲われる。目眩《めまい》と吐き気がぐるぐる渦巻《うずま》いて、けれどこの身体《からだ》は嘔吐《おうと》の仕方すら忘れていて。ただ、顔を掻《か》き毟《むし》らないよう耐えるのが精一杯だった。

空は真っ黒で、星ばかりが嫌に綺麗で。嘲笑《あざわら》うような細い月が、彼の背で、わたしを見下ろしていた。

「なぁ、咲耶《さくや》」

──笑えるだろ、と。

同意を求めるように、死んだ目で笑うあなたに。わたしは舌を噛み切って、すべてを取り繕《つくろ》って「そうね」と綺麗に微笑《ほほえ》み返した。血を飲み込んで、持てる全霊を尽くして、泣き出したいのを堪えたのだ。

あの夜が一番暗かった。どこか遠い世界の真っ暗闇よりも、あの夜が。けれど、どんなに暗い夜よりも──あなたのことが、怖かった。

わたしには悪癖《あくへき》がある。

異世界に飛ぶ前から、わたしの与えられた役割《ロール》を演じて生きる癖《くせ》。今いる場所に過適応しようとする、優等生体質。逃げようなんて考えもしない、籠《かご》の鳥根性。

だからあの異世界で、望まぬ役を与えられ舞台の上に引き摺《ず》り出されても。魔女《わたし》は、役に従い、舞台《セカイ》を壊すことだけを考えて生きていた。……逃げるなんて、思い付かなかったから。

けれどあなたは、舞台を降りる選択肢《せんたくし》を与えてくれて。わたしたちは目を焼く照明《ひかり》から逃げ出した、はずだったのに。……過去から、逃げられはしないのだと思い知らされる。

現世《ここ》は暗い舞台裏で。真夜中より深い奈落の底なのだと。ようやく、気付く。


──ああ、やっぱり。あんな世界、滅ぼしておけばよかった！


後悔。後悔しかない。

向こうの世界で、最後の戦いのその時に。勇者《あなた》に負けなければよかった。あなたの手を取らなければよかった。あの時、ちゃんと勇者《あなた》に勝って！

──綺麗にすべてを、滅ぼしておけばよかったんだ!!

かつてわたしが世界を滅ぼそうとした理由は単純だった。

あの世界に大切なものを奪われたから。その大切なものは、現世での穏やかな生活や、順風《じゅんぷう》満帆《まんぱん》な人生、わたしは、わたしのために世界を滅ぼしたがっていた。

けれど、あなたと再会したその時に、あなたの目を見た時に、世界を滅ぼす理由は変わっていたのだ。深く暗い……腐った青色。変わり果てた初恋の人《たいせつなもの》。

——あなたの瞳を濁《にご》らせる世界なんて、滅んでしまえばいい。

その憎悪は、今でもわたしの中に燻《くすぶ》っている。

冷たい夜の中で考える。想いが軋《きし》みを上げて、答えのない問いの答えを探して、目が回る。

——かつて恋した人が壊れてしまったら、どうすればいいのだろう。

癒《い》やして、直して、正せるのだろうか。わたし自身の存在すら、もう歪んでいるというのに。

——わたしにはもう、悪役の演じ方しかわからないのに。

それでも、笑ってほしいと思った。あんな哄笑《こうしょう》じゃなくて、昔みたいに。隣で、いつかあなたが、正しく笑えるようになるのを見届けたいと思った。

そのために隣にいる理由が手に入るならば、それで願いが叶うのならば。わたしは魔女だって道化《どうけ》だって演じてみせる。

だから、なんでもいいから。もう、なんだって構わないから。

わたしに怒って。わたしに笑って。

わたしを見てよ。


——ねえ、飛鳥。

1

だから。

「ご機嫌よう、飛鳥。いい夜ね」

わたしはあなたに喧嘩《けんか》を売りに行く。

深夜三時。物語の魔女に倣《なら》って頑《かたく》なに窓から入って、わたしが魔女《てき》であると印象づける。

冷たくなった勇者《あなた》の心を揺らせるのは、敵《わたし》だけだから。

悪態でもわたしと話す時だけは、ちゃんと表情を動かすことを知ってるから。

「いい夜だから……」

あなたを負かして、悔《くや》しがらせて、怒らせて、人間《ひと》らしくしてあげる。いっそ馬鹿げているくらいに悪役めいた高笑いをして、あなたを呆《あき》れさせて笑わせてあげる。

異世界の続きをして思い出を塗り替えて、二度と現世《ここ》であんな嗤い方なんてさせないから。

「あなたに喧嘩を売りに来たわ！」

——さあ、終わった恋の行き着く先を、残された愛の証明を始めよう。

世界を滅ぼせなかった魔女《わたし》でもまだ、あなたのための喜劇くらいは演じられるはずだから。

これはわたしが、あなたをしあわせにするための物語。

【六章】ハッピーエンド・ロスト。

first love
come in
the window.

1

かつてわたしが『窓から』なんて、どうかしてる方法で彼に会いに行ったのは。

半分は、照れ隠し。

だって、散々敵対してたのに、今更普通に会いに行くなんて恥ずかしいじゃない。逆に。

そう言うと彼は『わかんねえよ』と呆れて笑った。

もう半分は、わたしが『魔女だから』だ。

魔女は悪役だから、正面からじゃなくて正攻法じゃない方が、普通じゃなくて間違ってる方が、ロールプレイ的に正解でしょ？

それに窓から会いに行くなんて——お伽話《とぎばなし》の魔法使いみたいで素敵じゃない？

だから頑なに、窓から入り続けた。『わからない』と言われても。

その行動はささやかな願掛けで、ただのおまじないだ。

だけど呪《まじな》いは、魔女の十八番《おはこ》。

願掛けもおまじないも、連想ゲームのジンクスだって、わたしにかかれば本物の魔法になる。

取るに足らない行いに、呪《まじな》いで意味を乗せる。

『窓から入る』という行為にお伽話《ハッピーエンド》の文脈が乗るように、願って。


……わたしの、願いは。

本当は悪役なんかじゃなくて、おとぎ話のように窓から現れて、誰かを救える魔女になりたかった。そしてあなたの願いを叶えて、あなたをしあわせにしたかった。


──わたしは。

あなたのハッピーエンドに、なりたかった。


なのに！

その願いは、とっくの昔に詰んでいたのだと、今知った。

◆
◇

月は欠けていた。仄《ほの》かな月光が煤《すす》けた屋上に立つ二人を照らす。

風のうるさい夜だった。舞う埃《ほこり》の匂《にお》いだけが鼻につく。

咲耶《さくや》は、彼に——もはや『彼』としか形容できない飛鳥《あすか》に、対峙《たいじ》して。

低く、唸《うな》る。

「よくも黙ってくれたわね」

記憶喪失《そうしつ》。

人を形作るのが経験とそれに基づく記憶だとして。生きてきた十六年分の陽南《ひなみ》飛鳥たらしめる記憶を喪失した彼は、以前と同じ人間たり得るだろうか。

ましてや。

「あんたは記憶を失くしただけじゃなかった」

脳を弄《いじ》られ、不要な『陽南』という自我を削《けず》られた。自我の代わりに埋め込まれたのは、救世を使命とするだけの【勇者】という機能。

吐き出されるのは、これまでの事実を再確認するための恨み言。

「異世界《むこう》で戦っている時のあなたを、遠目で何度も見たわ。まるで機械のようだった。……あの頃のあなたには、感情なんて、自我なんてなかった。でも、わたしに再会したことで、ほんの少し記憶を取り戻した……」

だが記憶を多少取り戻したとして、一度弄られた脳はそのまま。

自我は陽南ではなく【勇者】のまま。

出来上がるのは陽南飛鳥の真似事《まねごと》をするナニカでしかない。

「失くしたのは人間性」

昔を知る者ほど、正確に違いがわかる者ほど、今の彼を拒絶するだろう。鈴堂瑠璃《りんどうるり》がそうしたように。

（……どうして気付けなかったの）

握った拳の中で割れた爪が突き刺さって、灰色の足下に血が滴《したた》り落ちる。

咲耶の不運は、昔の陽南を慕《した》いながらも親しくなかったことだ。たった一年のクラスメイトでしかなかった、友達ですらなかった、片想いの相手の誤謬《ごびゅう》と呼ぶべき変化を、どうして見抜くことができよう？

そして彼が、文月《ふみづき》咲耶に関連する記憶はすべて揃って思い出していたことだ。誤魔化《ごまか》すには不自由ない。

つまり。

「異世界ロボトミーだな」

「その言い方やめろ！」

彼は無感動に、肩を竦《すく》めた。

「たいしたことじゃないだろ」

吐き気がする。自分のことなのに他人事《ひとごと》みたいに、どうして真顔で、そんな露悪的な冗談を言える。

「陽南君は、そんなこと言わなかった……！」

——ああ、本当に。昔の彼はいないのだ。

片手は握りしめたまま、片手で顔を覆《おお》う。彼女の、指の隙間《すきま》から零《こぼ》れるのは涙ではなく、赤い瞳の光。

「覚えてる？『なんでわたしを助けたの』って聞いたこと」

本来、勇者《かれ》と魔女《かのじょ》の関係は、殺し合って終わりのはずだった。

それを打ち止めた理由はなんなのか。

「あなた、『理由なんていらない』って言ったわよね。……本当は、『理由なんてない』じゃなかった？」

咲耶の顔を覆う手が剝《は》がれる。制服のスカートが強い夜風に煽《あお》られる。押さえることもしないまま。

勇者に必要なのは、『人類を救え』という機能だけ。

「再会して、わたしのことを思い出してしまったから。目の前の魔女が、自分の知ってる人間《ひと》だって、思い出してしまったから。『人類《ひと》を救え』という勇者《あんた》の機能と衝突して、エラーを起こしたのではなくて？ 目の前の人を、文月《わたし》を救おうとした。わたしが倒すべき魔女《あく》にもかかわらず、助けてしまったんじゃなくて？」

魔女が人でないことを、勇者は知らなかったから。

「わたしを助けたのは、挙動がバグったせい。それだけでしょ」

——あなたの、意志や感情や心なんかの、おかげじゃなくて。

「『理由がない』って、そういうことだろう！」

爛々《らんらん》と輝く瞳が、彼を睨《ね》めつける。

彼は答えなかった。答えられない理由など、図星以外にあるものか。

悲しみは通り過ぎた。怒りも肌に馴染《なじ》んだ。残ったのは、原点。

初恋の人を、恩人を、しあわせにしたいという愛。昔のように笑ってほしいという願い。

その願いは初めから手遅れだった。

ならば。

なればこそ。

もっと早く願いを叶えてしまえばよかった。

（わたしたちは初めから、とっくに同じ、『正しくないもの』に成り果てていたのなら）

人間らしく戻るまで、隣人として友人として寄り添う、なんて正しい方法になんの価値があっただろう？

——初めから。

わたしは、魔女《わたし》らしく。

間違ったやり方で、あなたを愛してしまえばよかったのだ！

愛したものを取り戻す、一番簡単な方法。その方法が何かを、魔女はよく知っている。

二拍、無言の間があった。長い二拍だ。ここが戦場ならもう死んでいる。

飛鳥はようやく口を開く。

「咲耶、話を――」

「聞かないわ。もう言い訳なんて」

うるさい風の音が止んだ。

月明かりに眩《まぶ》しく照らされる、彼女の頭上で。満月と、一際《ひときわ》明るい一等星が輝いた。

ちり、と飛鳥の脳裏《のうり》に違和感が瞬く。――かつて天文部だった『陽南』のおぼろげな記憶が過《よぎ》る。あの一等星……現世の空に、あんな星はあっただろうか？

――いや、待て。そもそも。

今夜は満月だったか？

彼は思い出す。異世界の衛星《つき》は常に満月だったことを、頭上に瞬く星々の並びが、異世界のそれと同じであることを。

彼女は異界の言葉で唱える。――魔法を完成させる呪文を。

「『月は満ちた』」

ぱちん、と天上で見えない何かが閉じる音がした。世界が、ここだけ切り取られる音。

――結界が張られている。

空間は現世から切り離され、空は別物に塗り替えられていた。

大きすぎる満月。燦然《さんぜん》と輝くくせに星座のひとつも結べない、忌《い》まわしきあの異世界の空に。

二人きりここに閉じ込められたのだと、彼は理解する。

いつの間に。……学校のあちこちに魔法の残滓《ざんし》があったのは、仕込みか。

「何を」

する気だ。

「決まってる」

彼女は答える。

溢《あふ》れんばかりに感情を湛《たた》えた瞳は、それでも海のように凪《な》いで。風のない世界で、昂《たかぶ》る魔力がふわりと髪を持ち上げる。声を張り上げるために大きく口を開けた、表情は笑顔に似た。

「あなたに、喧嘩《けんか》を売りにきたのよ！」

そして赤い粒子が煌《きら》めいて、彼女の服装が変わる。

変身。堅苦しい制服から、毒花のようなドレスへ。そのドレスは肌を肢体《したい》を胸元を、惜しげもなく晒《さら》しておきながら、不思議と艶《なま》めかしさよりも苛烈《かれつ》の印象を与える。

象徴的な、捻《ね》じ曲がった角《つの》こそなけれど、今やそこに立っているのは制服の少女ではなく、異世界の【魔女】だった。

呪文を唱える。

「──『明かせ』！」

それは、隠蔽《いんぺい》の魔法を解除するもの。瞬間、二人の足元に大きな血色の魔法陣が現れる。

「なッ」

魔女の得意魔法は血肉を触媒《しょくばい》にする呪いだ。魔法陣は血で描かなければ発動しない。

飛鳥とてわかっていた。深夜に人を呼び出す理由なんて、告白か果たし合いくらいしかない。

だから屋上に来たとき、彼は当然のように注意を払った。血の、色は魔法で誤魔化《ごまか》せても、
五感の中で最も本能的な嗅覚は誤魔化せない。

だが屋上《ここ》に来たとき──血の匂《にお》いはしなかった！
・・・・・・血によく似た色の魔法陣の、その赤に見覚えがある。視線は彼女の唇へ。
「……口紅か！」

「正解よ」

彼女は拳を開いた。割れた爪から滴る血と共に、握りしめていた口紅のケース──傷から滴る〝血〟に染まったそれが、地に落ちる。

カシャン、と。割れた破片が飛び散ると同時。

彼女は口を開いた。

──まずい。

彼女に詠唱《えいしょう》させてはいけない。飛鳥は地を蹴《け》って、

「『止まれ』」

その前に、彼女の【魔眼】が光った。

避け——間に合わない！

光が、彼を襲う。

魔女の赤い左眼は鍵《かぎ》の魔眼。その権能は、単に扉や窓の鍵を開けるだけではない。人の脳に『鍵』をかけ、記憶を封じることもできれば——身体《からだ》に『鍵』をかけ、動きを止めることもできる。

光は鎖と錠《じょう》に姿形を変え絡みつく。飛鳥の身体に鍵《ロック》がかかり、一時停止のように硬直する。

血のように赤い、唇を、血の滴る指でなぞり、彼女は言う。

「知ってるわよね？　呪いのルール。呪術では、似たものは同じだと定義されるのよ」

類似《るいじ》の法則。人を模した人形を傷つけて、実際に人を害する呪いがあるように。似たものを使えば、同じ効果をもたらすことができる。

そして何にも邪魔をされることなく、悠々《ゆうゆう》と、魔女は異世界の言葉を綴《つづ》る。

「『定義する』。血は赤く、口紅もまた同様に赤い。塗れば入り混じり、見分けがつかないほどに。——故に『口紅《それ》は、魔女《わたし》の血そのものである』」

その言葉で、『口紅』は『血』に改変される。口紅による魔法陣は、魔女の血肉で描かれたことになる。

弄《ろう》した詭弁《きべん》さえ真実に。世界を己の定義《ルール》で塗り替えるのが、魔女の呪いの本質だ。

陣が光る。魔法が、発動する。

「『ブチ壊せ』」

親指を下へ、突き落とした。足元、コンクリートが罅割《ひびわ》れ、屋上が音を立てて崩れ落ちる。魔眼で硬直した身体は瓦礫《がれき》と共に墜落《ついらく》。魔法陣は屋上を破壊するのみならず、校舎四階をも突き破り、三階廊下《ろうか》の床へと飛鳥は叩きつけられた。

遅れて、浮遊する魔女は瓦礫の山にふわりと降り立つ。

「残念。角ナシだと異界化してもたった二階分しか壊せないのね」

瓦礫を除け、飛鳥は起き上がる。

廊下に叩きつけられる寸前、ギリギリで硬直は解けた。たかが二階分の自由落下なら受け身でどうとでもなる、が。悪態が口をついて出た。

「暴力はナシつったろうが」

落下の衝撃で包帯が緩《ゆる》んでいる。毟《むし》り取った。鈍色《にびいろ》の腕で礫《つぶて》を払う。

「目的はなんだ」

「…………」

彼の問いに、魔女が答える必要はない。これが普通の勝負なら。

だが『言霊《ことだま》』というものがある。異世界の理《ことわり》では、言葉はすべて呪文である。

つまり、願いは口にするほど叶い、目的は語るほど近付き、手の内さえ明かすほど強固になる。それが、異世界魔法のルールだ。

だから彼女は答える。

願いは、異世界で失われた昔の彼を、取り戻すこと。その単純明快なやり方は。目的は。

「洗脳よ」

荒療治《あらりょうじ》だ。

異世界人がやったのと同じように。

「脳を弄《いじ》られたなら、弄りなおしてしまえばいい」

そしたら、元に戻るかもしれない。そしてくしくも洗脳《それ》は、魔女の十八番《おはこ》だ。

――なんて、冴えた方法だろう！

魔女の不道徳と非倫理《ひりんり》に満ちた答えに、彼は。

ひく、と初めて表情を動かした。

「……頭おかしいのか」

「おかしいわよ。とっくにおかしくなきゃ――異世界で魔女なんてやってない」

論理が破綻《はたん》している？　構うものか。

「あなたは言ったわ。勝った方が、正しいんだって。わたしの目的は、あなたに勝つこと。たとえこれが間違った選択だとしても。勝って、わたしが正しかったことにする」

そのためには。

魔法さえ切り裂く聖剣が、彼が作り替えられた象徴が――魔女《わたし》を阻《はば》むその腕が、邪魔だ。

真正面から指を突きつける。

「わたしは今度こそ、勇者《おまえ》に勝つ」

言葉はすべて呪文である。

ならば啖呵《たんか》はバフであり、宣戦布告こそが、最高の呪文だ。

魔女は悪辣《あくらつ》に、心底の笑みを浮かべた。

「勝って、あんたの聖剣《のろい》——ブチ壊してあげる!」

恩を仇《あだ》で返す、愉悦《ゆえつ》と覚悟の笑みを。

2

校舎三階。瓦礫の散らばる廊下は夜の静寂に満ちていた。否《いな》、静寂は夜のせいではなく、この場所が世界から切り離されたせいか。

四階を突き抜け天井に空《あ》いた大穴から、眩《まぶ》しい月明かりが差す。

現世のものよりずっと大きい〝月〟のおかげで己の手足の輪郭《りんかく》、戦意に高揚《こうよう》する彼女の頬《ほお》の色、舞い落ちる小さな礫の陰影すらよく見えた。

——異界化。結界に付与された効果の、その意義は二つ。

内部《なか》を異世界に似せることで、魔法の出力を上げること。

ここが現世とは異なる場所であると定義して、外に影響が出ないようにすること。

壊した天井《もの》も、結界を解けば元通り。

「つまり。ここではいくらでも暴れ放題ってこと！」

廊下に立つ、彼我《ひが》の距離は教室二つ分。

彼女の血の滴《したた》る細指が空をなぞる。鍵盤《けんばん》を撫《な》でるような手つきで。

ばらりと血でできた弾丸が一列に並び、放たれる。

弾道は放射状、散り散りに散る花弁のように。ひとつとて彼という的《まと》に向かわない。

「どこ撃ってんだ！」

当たりようのない弾丸を無視し、彼はくすんだ廊下を蹴る。声を張り上げないと聞こえないほど離れていては、話がろくにできないからだ。

距離を詰めようと、一歩。飛び出して。

四方八方に飛び散った弾のすべてが、壁に跳ね返るのを見た。

「知ってるわよっ、どうせノーコンだって！」

異世界の頃と同じ魔女の姿をした咲耶には、しかし、角だけがない。異界化しても尚、この世界には幻想《ファンタジー》の濃度が足りない。

魔女にとって、角は魔力の制御器官だ。角ナシじゃ精密な制御ができない。弾丸を望む方へ撃つことも叶わない。ならば。

初めからどこに飛ぶかわからない弾を撃ってしまえばいい。魔弾は、初めから制御不可能《アンコントローラブル》にしてしまえばいいだけだ。

跳弾は壁に、窓に、時に弾同士でぶつかり合っては、縦横無尽《じゅうおうむじん》に弾道を描く。弾道予測は、不可能。

「あんた脳に計算機は仕込んでないでしょ、数学赤点だし」

魔女にとって都合よく生成された魔弾は物理法則に反して跳弾による減速を知らない。コンクリートの壁にめり込みもしない。脆《もろ》いガラスだけは次々と割れ、開いた窓から不運な弾がいくつか飛んで零《こぼ》れた。が、

残る幸運な弾丸が、こちらへと迫る。

「悪かったな半端《はんぱ》な改造人間《サイボーグ》で」

弾丸の視認は改造済みの眼球では難しくない。一弾目、飛び込んできた弾を、反射で右腕に受ける。

腕は聖剣の鞘《さや》だ。中身と同じように魔法無効とまではいかずとも、金属の腕は盾としてはこの上ない——はずだった。

みしり、と嫌な音がした。まるで腐食した木に弾丸が沈むような、音。

現世《ここ》では、魔法の威力は異界化してもせいぜい出力二十パーセント。魔女は今、角ナシなのもあって盛大に弱体化《ナーフ》されている。現に、魔弾は壁のコンクリートすら破壊しなかった。ただの球であるかのように、弾むだけ。なのに。

理解する、受けるのすら拙《まず》いと。二弾目はすんでで避けた。

腕の、魔弾を受けた箇所《かしょ》に目をやれば傷や凹《へこ》みこそない。が、そこには腐食をもたらす錆《さび》のように、黒々とした染みが纏《まと》わりついている。

「ただの弾だと思った？」

この黒錆は。

「『呪い』か……！」

にっ。と、彼女は己の手札を捲《めく》る。

洗脳は間近でなければできない。だからその前に飛鳥から武器を奪わなければならない。

故に――魔女の勝利条件は、聖剣の破壊。

だがそれは魔女殺しの文脈《いみ》を持つ、彼女の天敵。魔法を斬り裂くその剣を相手に、魔法で立ち向かうのは無理難題に等しかった。

しかし聖剣は現世《ここ》では休眠状態だ。討伐《とうばつ》対象である魔女の肉体に触れない限り、起きることはない。

つまり――触れられなければ、どうということはない。

だから距離を保ち、近寄らせず、起動される前に、鞘《うで》ごと壊す。

――では、どうやって壊すのか？

聖剣《アレ》は腐っても異世界最強の武器だ。幻想《ファンタジー》が力を十全に発揮できない現世では、多少脆くなっているとはいえ。真っ当に壊せるようにはできていない。

——壊せるようにできていないならば。〝壊せるもの〟に変えてしまえばいいだけだ。

「『定義する』」

詠唱、魔弾に付与した呪いを上重ねする。

「『この装備は外せません』なんて、どこが聖剣よ。おこがましいと思わなくて？　おまえなんかただの『呪いの武器』だ」

呪文《ことば》で貶《おとし》め、聖剣に零落《デバフ》をかける。そして。

「同じ呪いなら、わたしの方が格上。呪いを扱う魔女に、それが『壊せないはずがない』！」

掲《かか》げた暴論で、己に暗示《バフ》をかける。

それはただの連想で、ゲームの文脈を引用したこじつけで、ハリボテの理論武装で、無価値な詭弁《きべん》と歪んだ認識、自己暗示。けれども、思い込みすら真実に。それが異世界のバグった魔法法則だ。

屁理屈《へりくつ》めいた啖呵は、確かな実態ある呪いとなって魔弾に乗り、聖剣《のろいのぶき》を襲う。

つまり。


「呪いには呪いをぶつけんのよ！」

詠唱の締めである。咲耶は得意げに指を突きつけた。ドヤッ。

沈黙。飛鳥は、取り急ぎ跳ね返ってきた魔弾を避けて、一言。

「それなんのネタ？」

いやなんか……テンション的に元ネタあるんだろうなと思ったけど全然わからない時の、言いようのしれない気まずさが、間合いにはあった。

かあっ、と咲耶は赤面した。

「うるさい教えない！」

ノリノリで通じないネタ言っちゃった時、ちょっと恥ずかしいよね。

とはいえ、だ。飛鳥とて突っ込み続ける余裕があるわけではない。会話的にも物理的にも。

「ちなみに弾は、腕に当たりやすいよう確率操作してあるから」

そんなものまともに受けてられるものか。こっちは丸腰同然だ。

呪いが跳ね返る廊下《ろうか》から抜け出し、教室に飛び込む。

魔弾に銃声はない、が。ダダダダッと跳ねる弾丸の、建物を揺らす音がそれによく似た。その物騒な音を、教室の扉の裏で飛鳥は聴きながら、跳弾音らしくねえなこれ、と思った。

大体、弾丸の入射角だって無茶苦茶《むちゃくちゃ》だ。跳弾は水切りのように角度が浅いほど起こり得るはずなのに、九十度で弾が壁に当たろうが、勢いそのままに跳ね回る。今日びゴム弾でもそんなに跳ねないだろ、縁日のボールかおまえは。

笑えることに、そのふざけた弾が覿面《てきめん》に効くようだ。僅《わず》かに錆び付いた右腕が軋《きし》みを上げた。

銃声もどきの向こうから彼女の足音が聞こえる。学校の廊下をピンヒールが校則ごと踏み荒らす。

「逃げるの？」

教室の窓に目をやった。外に出るのは不可能じゃない。三階程度なら無傷で落ちられる。だが結界が校内からの脱出を阻《はば》むだろう。結界を破るための武器が要る。

逃げるにも立ち向かうにも、聖剣が出せなければ論外だ。武器を起こすためには右手で、魔力を帯びた魔女の肌に触れなければ。

しかし魔弾が接近を阻み、迂闊《うかつ》に近付けば今度は魔眼の餌食《えじき》だ。弾幕の中で硬直させられては、蜂の巣となろう。

魔眼の連続使用はできないとはいえ――。扉の裏から、彼女を覗《のぞ》き見る。魔女の左眼は増して赤く炯々《けいけい》と。どうやら魔力充填《クールタイム》は完了している。

つまり自分は、この狭い通路で魔弾を全部避けて、彼女の視界に入らず魔眼を受けず、彼女自身に触れなければならない。

それが魔女の用意した――こちらの勝利条件。

（……いや、負けないための最低条件か）

それすらできなければ、話にならない。

「ひとつ聞きたい」

彼女は『脳を弄《いじ》り直す』と言った。

「俺の脳を、どう弄る気だ」

扉越しに訊く。

魔女は答える。彼を、昔の陽南飛鳥に、人間に戻すために。

「――異世界の記憶に鍵《かぎ》をかけるわ」

彼が決定的に変わってしまった原因を、この二年を、なかったことにする。

セーブデータのリセット、そして任意の地点からの再ロード。それが彼女の考えた、方法だ。

なるほど、飛鳥とて別に異世界の記憶に未練はない、が。

「現世《ここ》に帰ってきてからの記憶は、どうなる」

「……消すわ」

扉の向こうで、咲耶がその顔に苦渋《くじゅう》を滲《にじ》ませているのが目に見えた。葛藤《かっとう》はあるのだろう。

だが当然の結論だ。この数ヶ月を現世《ここ》で生きたのは、改造済みの勇者の自我《アスカ》。

昔の陽南《かれ》を取り戻すというのならば――今の自我《アスカ》は消えるのが、道理。

「そうか、なら」

自分が消えるのは嫌だ。誰だって、そうだろう？

「万一にも負けるわけにはいかないな」

瞬間、着弾。扉の窓が割れた。飛鳥は降りしきるガラス片から身を屈め、扉を蹴破《けやぶ》った。

負けないための戦闘条件を、敷かれた戦闘のルールを思い返す。魔女に触れなければ聖剣は使えない。触れるには近付くしかない。近付けば――。

……ああ、面倒くさい。思考を打ち切る。

そうだ思い出した。悩むという行為は、戦うには邪魔だった。

条件？　ルール？　どうでもいい。一度頭に叩き込んだら充分だ。考えるな。突っ込め。

——そういやあの世界じゃ、勇者の扱いは『鉄砲玉』だったな。

反射で浮かんだ皮肉に、口角が緩《ゆる》く上がる。

「同じ弾なら勇者《オレ》の方が『強い』だろ」

ぼそりと。彼女に倣《なら》って暴論を呟《つぶや》いて。弾丸の降りしきる廊下へ戻る。

かつて異世界では言葉はすべて呪文だった。

即《すなわ》ち魔女でなくとも、発した言葉は力となる。

——呪いとしての手順を踏まえず、代償も払わないただの言葉の効果は、魔女のそれとは比べものにならないが。口にすれば気休めよりはもう少し、ご利益がある。ほんの僅かに勘が冴える程度のバフがかかる。

都合の良い異世界法則だ、本当に。言葉ひとつや気の持ちようで、戦況がひっくり返り得るのだから。

——もっとも、弱音愚痴嘆《ぐちなげ》きすら『負の自己暗示』としてすぐ呪いに転じる、諸刃《もろは》の剣《つるぎ》なのだが。

頭の中のスイッチをガチガチと落として、感情《ノイズ》を仕舞う。掲げるは己の戦闘教義《ドクトリン》のみ。

——売られた喧嘩《けんか》は全部買う。

「話は、勝ってからだ」

蹴り外した扉を盾に、走る。ただ真っ直ぐ魔女の元へ。迫りくる弾丸はすべて盾に弾かれる。現世で弱体化した魔女は一度に一種類の魔法しか使えない。既に顕現《けんげん》を済ませてある結界、継続性の付与零落《バフデバフ》、一種の魔導具《アーティファクト》である『鍵の魔眼』を例外として。

つまり魔弾以外の攻撃が飛んでくる可能性は、ない。

教室ひとつ分、距離を詰める。そして。

「ッ、『止まれ』！」

彼女の左眼が閃《ひらめ》く。『鍵』の効力をもろに喰らった扉のみが静止。魔力の鎖に止められた扉は、如何《いか》な力をかけても動くことはなく、走り続ける飛鳥の手から弾かれる。

盾はもうない。だが。

——これで『鍵の魔眼』は消費した！

足は止めない。四方から十数の魔弾が無防備となった飛鳥に迫る。確率操作された弾が右腕を、狙い撃とうとして。

ただ、少しだけ。身を捩《よじ》った。弾丸を生身の身体《からだ》で受ける。

「はぁ!??」

魔女が驚嘆《きょうたん》の声を上げた。攻撃を働いた分際で、何を驚いているのか。

受けた弾丸の衝撃に踏み留まるのは一瞬にも満たない。思った通り。見た目こそ銃弾のようだが、魔弾にはせいぜいガラスを破壊する程度の威力しかない。

骨に響くが折れはしない。せいぜい強い打ち身程度だ。ならどうでもいい。

頭のスイッチをまたひとつ、落とす。

「おまえわざと魔弾から殺傷力削《けず》っただろう」

魔法において。一方の能力値《ステータス》を上げるために、一方の能力値《ステータス》を削ることはままある。

魔女は、呪いの効果を上げるために、威力を代償とした。

即ち。魔弾は『聖剣を破壊する代わりに、聖剣以外をろくに破壊できない』。

その縛《しば》りがあると飛鳥は賭《か》けた。

「だからって……」

真っ当に、喰らうなんて。

「痛いでしょ！」

動揺《どうよう》。咲耶の手元がぶれ、次弾の生成が遅れる。

「喧嘩相手の心配か。随分《ずいぶん》余裕だな」

その隙《すき》に接近。彼我の距離は、あと七歩。

「っ……止まれ――『止まりなさい』ッ!!」

鍵の魔眼が、再び閃いた。

――いけんのかよ、二発目！

飛鳥の動きがピタリと停止する。駆ける不自然な体勢のまま、無数の鎖が絡みつき行動不能。

「……あはっ、油断したわね？」

連続行使の代償に、頬《ほお》から血涙が伝う。無理をした分、次発の冷却時間は長い。

おまけに今ので一時的に魔力が枯渇《こかつ》、弾切れを起こしたようだが――。回復《リロード》には、五秒もあれば充分。王手は掛けた！

魔女は勝利を確信する。

角《つの》ナシといえたった数歩先で止まった的《まと》を外すほど、無能じゃない。

ゆっくりと、指先に魔力を集める。緋色《ひいろ》の弾丸に、渾身《こんしん》の呪いを込めて。

――さあ、撃ち抜け。

だが、その時。

みしりと、骨が軋みを上げながら飛鳥の左腕が動き始める。

（なんで⁉）

確かに止めたはずなのに！

動揺に、ただでさえ枯渇気味の魔力が乱れる。

歪んだ瞳を、彼は見つめ返して。

「言ってなかったな。俺は自分で、自分の脳味噌を、少しは弄れる」

――ガチリ、と頭の中の撃鉄を起こす。

右腕に絡みつく魔力の鎖を一本引っ摑《つか》み、引き千切《ちぎ》る。

生身の腕力で。

「嘘ッ！　なんでそんな芸当できるのよ‼」

魔法でできた鎖だ。人間の力でどうにかなるような、生易しい強度はしていない。

「別にただ、脳を弄って人体のリミッターを解除しただけだ。聖剣にオプションで精神制御機能が付いてる」

「最悪な剣ね!?」

おかげで思考も感情も痛覚も、不必要とあらば切り捨てられる。

もっとも――。

「あまり使いたくなかったけどな」

その言葉に、ぞくり、と彼女の背に寒気が走る。

そうだ、脳を弄って肉体の限界を超えるなどとは異常だ。ただの人間がやって、無事で済むはずがない。

「まさか、代償を……」

「当然。あるさ」

真剣な表情に、戦慄する。

一体何を、支払って――。

「明日めちゃくちゃ筋肉痛になる」

静寂。

「……それだけ？」

「おまえは筋肉痛の深淵を知らねえだろ!!」

「知るわけないでしょお!?」

ふざけてる。咲耶は苛立《いらだ》ちに打ち震える。

折角《せっかく》ここまで追い詰めたのに。たかが筋肉で、全部ひっくり返そうというの？

「最低、この、チート野郎!!」

用意した渾身の一手は、全力の魔弾は、練《ね》り上げが足りない、まだ撃てない。

「ちげぇよ。俺がチートなんじゃない」

飛鳥は、深々と溜息を吐いた。

「——おまえが、甘くなってんだよ。現世ボケか？」

口調はふざけているのに、眼には冗談の色がない。

「あの魔弾はなんだ。なんで威力を殺した？　呪いの出力を上げるため——だけじゃないだろ。聖剣を壊したいなら、どう考えても先に俺自身を倒す方が合理的だ。〝腕だけ壊す〟なんて甘いにも程がある」

絡みつく鎖を引きちぎりながら、彼は歩を進める。

「ビビったな。傷付けることを」

「っ！」

眼差《まなざ》しが、深く鋭い青色が、魔女を刺す。

「肉を断て。四肢《しし》を落とせ。ちゃんと、不意を衝《つ》け。──本気なら、手段を選ぶな」

冷ややかな声に、酷薄《こくはく》な言葉に、咲耶はじり、と後退さる。

「だから異世界《むこう》でおまえは俺に、負けたんだ」


苛立ちがふつふつと煮えたぎる。

「……手段を選ぶな、ですって？　わかってるわよ！」

反撃をむざむざと待つわけがない。彼の鎖が全部引きちぎられる、前に。

魔女は胸に手を当てる。充塡《じゅうてん》中の魔弾はそのままに。

『複製』。

初弾、時間をかけて込めた分と同等の呪力の持つ無数の弾丸が、魔女の背後に浮かぶ。

そのすべてが、一撃必殺の呪力を持つ。

「な」

彼は驚く。

いわば鬼札《おにふだ》のコピーアンドペースト。必殺の弾を一瞬で、ほとんど魔力も枯渇したような状態で、濫造《らんぞう》するなど──それこそ、代償なしにできるわけがない！

こふっ。と魔女は口から血を吐いた。

手を当てた豊満な胸から、べこりと凹《へこ》む音が聞こえる。一瞬、彼女の瞳から光が消える。

「おまえ、まさか……今。一度死んだのか!!!」

魔女の得意魔法は呪いだ。呪いは、魔力の他に血肉を代償とする。魔力では足りなければより血肉の支払いを求め、術者の心臓《いのち》さえ奪う、恐ろしい魔法だ。

――人間にとっては。

彼女は不死身だ。何度だって死ねる魔女は魔力尽きない永久機関。

それが、文月咲耶が異世界で最強の魔女だった理由だ。

最優先で再生される心臓が、一度死んだ身体に血を叩き込んで、魔女は、息を、吹き返す。

一拍、遅れて頭が焼き切れそうな痛みが、彼女を襲った。

「――ッ……!」

痛い痛い痛い痛い。叫ぶこともできない。

滲《にじ》んだ視界で、飛鳥が鬼の形相《ぎょうそう》を浮かべていた。叫ぶ。

「おまえやっぱり、不死身なの黙ってやがったな!?」

窒息《ちっそく》間際の荒い一呼吸。

「げほっ……あんたに言われたくないわ!」

痛みは消せない。苦痛は大事な呪いの燃料だから。呪いは負の感情を燃料とする魔法だから。

痛み苦しみ怒り嘆《なげ》きが呪いを呪いたらしめる。そして最も強い負の感情は、死に際の怨念《おんねん》だ。

即《すなわ》ち、人が全霊《いのち》を賭《と》して、ようやく一度だけ使える怨念《のろい》を、彼女は何度だって行使する――

それが理外の〝魔法〟の正体。

実のところ、ここまで来る前にも既に二度死んでいる。

逃げられない結界の生成には致死量の血液が必要だった。魔女と相性の悪い聖剣を壊そうとする傲慢《ごうまん》な呪術には、内臓《はらわた》がそっくり必要だった。

この期に及んでも不死身を知られたくなくて——軽蔑《けいべつ》されたくなくて気持ち悪いと思われたくなくて怒られたくなくて傷ついてほしくなくて嫌われたくなくて——前払いで済ませておいたのだが。

もう、なりふり構っている場合ではないのだから。

血を拭《ぬぐ》う。涙を拭う。

痛いのは、嫌いだ。死ぬのは嫌だ。

でも。構わない。

——どんなに自分を殺しても、あなたさえ救えるのならば。

彼女の指先に従って、背後で夥《おびただ》しい数の魔弾が螺旋《らせん》状に回り始める。

そのひとつひとつは殺傷力こそさしてなくとも、十も食らえば——今度こそ、腕のすべてを錆《さ》びつかせるだろう。錆びて脆《もろ》くなった腕が、破壊されるのは何撃目か。

彼は考える。

命中率は低い。腕でさえ食らわなければいい。だが全ては避けきれない。

逃げるか？　——ほざけ。

弾幕が一斉に放たれる。

狙いは真っ直ぐに彼へと。射程は七歩分。距離も数も十全、弾丸が無作為に跳ね回る必要はもうない。

同時、飛鳥は鎖をすべて引き千切《ちぎ》った。勢いのまま前へ。差し迫る魔弾に、お望みの的を、右手をかざす。あえて開いた掌《てのひら》のど真ん中に受け止める。

腕はみしみしと悲鳴を上げた。生身との接続部から血が滲み出す。押さえてなお吹き飛びそうな衝撃が襲う。

そもそも威力すら上昇しているのだろう。次々と受ける弾丸に、身体《からだ》が悲鳴を上げているのがわかった。耐えられるのはあとコンマ何秒か——。

「おい」

語りかける先は、己と腕ばかりではなく頭とも繋《つな》がった聖剣。それは戦いの間ずっと沈黙を保っている。

——ああまったく。聖剣《おまえ》なんかクソったれだ。勝手に身体の一部になったくせに、肝心《かんじん》な時にそっぽむいて動きやしない。

励起《れいき》の条件は魔女の身体に触れること。それ以外では不可——『我儘言うな』

ここは今異世界を模した結界だ。現世だからと沈黙する言い訳が成り立つものか。

おまけにこれだけ喰らった魔法が誰のものか、今更わからないとは言わせない。

だから。

「寝ぼけてんじゃねえ！　今すぐ『起きろ』【聖剣《Lapisgram》】!!」

真名《まな》を呼んで叩き起こした聖剣が、姿を現し。

衝撃。

鈍い青色を纏《まと》う鋼《はがね》の刃が、赤い魔弾を斬り砕く。

——あらゆる魔法を叩き斬る『魔女殺し』の聖剣。

動きは最適解を、身体が勝手に答えを叩き出す。剣は身体の一部であるが故に、望みと寸分違《たが》わず振るわれる。これだから、聖剣以外に右腕がつとまらない。

はっ。と漏《も》らした息は喜悦《きえつ》に似た。

「……やればできんじゃん、ツンデレか？」

粉々になった魔法。赤い粒子が、宙を舞うのを見て。

愕然《がくぜん》と、魔女は声を震わせた。

「ありえないわ……」

どうして、聖剣が顕現《けんげん》している。

どうして、前提条件から破られている。

どうして、また、逆転されそうになっている!?

「道理を教えてやる」

真っ直ぐに、剣を差し向ける。

「魔女《おまえ》の目的は世界を滅ぼすことだった。勇者《オレ》の仕事は魔女を倒すことだった。つまり、おまえは世界の滅ぼし方は知っていても俺の倒し方を知らない」

さて。言葉は呪文であり、故にマウントを取れば優位となる。啖呵《たんか》が強化《バフ》となるように、煽《あお》り文句もまた同じ。

彼は、宣言《となえる》する。

「おまえは俺に勝てない。『絶対に』」

この法則の弊害《へいがい》は――隙《すき》あらば人を煽る悪癖《あくへき》がつくことだ。友達が減る。

ぎりっ、と奥歯を嚙《か》んで咲耶は叫ぶ。

「屁理屈《へりくつ》よ！」

「お互い様だろ！」

飛鳥が迫る。

魔弾の雨を打ち払っては潜り、接近する。

残り七、六、五歩――。

魔法を砕かれる度《たび》に撃って、放って、咲耶は詰められた歩数の分だけ下がって、逃げるように後退を強《し》いられる。後ろはもうすぐに壁。

吐血しながら焦りに呑《の》まれていく。

放った端から斬り落とされる魔弾は、まるでいつまでも積み上げる端から崩される賽《さい》の河原《かわら》。捧げるのは心臓だけでは足りなくて、内臓まで空《から》っぽ。だが死んでも足りない、魔法が追いつかない！

虎の子の魔眼、その眼光すらもただ傾けただけの剣の刃に弾かれる。

勝利条件は破綻《はたん》した。ありありとわかる。──このままだと負ける。

……負ける？　また？　彼を救えない？

（それは嫌！）

鉄の味を噛みしめた。

手段を選ぶな。心臓でも足りないなら、それ以上を捧げればいい。

──呪いの最も有効な対価は命を支払うこと。死ぬこと。だから当たり前のように、魔女は心臓を捧げてきた。そこが命の在処《ありか》だと、最も価値のある部位だと疑わなかった。

だけど今の咲耶は知っている。心は、人間性は、どこに宿るのか。心臓よりも真に重い臓器はどれなのか。彼を見て知っている！

ない腹を括《くく》った。

細い指を、銃の形に掲《かか》げて。

こめかみに突きつける。

脳。そこは人生の記憶を、その人たらしめる自我と感情を宿す場所。

本当の死の在処は、きっとここ。

「何を——」

最期の視界に映ったのは目を見開いた彼。

手振りの発砲。無音。ぐらりと頭が吹き飛ぶように傾く。

頭蓋《ずがい》を通り抜けて中身を消し飛ばした。脳漿《のうしょう》は零《こぼ》れる前に魔力に変換。血は溢《あふ》れず、ただ赤い霧が舞うだけ。

弾幕の向こうからこちらを見ていた彼は、すべてを理解し、ようやく先までの能面を剝《は》ぎ捨てた。

「このッ馬鹿が!!!!」と詰《なじ》る彼の声が聞こえた気がする、気のせい？　気のせいだ。だって死んでるから聞こえない。

再生。

強烈に死を認識した脳が、欠けた部位を補《おぎな》いながら夥しい脳内麻薬を分泌する。

焦点の外れた瞳で、彼女は深く、笑う。

「う、ふふ。これでお揃《いじ》いね？」

そうだ。人の脳を弄ろうとするなら自分の脳も弄らなければフェアじゃない。

対価は正しく支払われた。魔力が漲《みなぎ》る。魔弾の装塡《そうてん》が加速する。

一瞬に十の弾丸が斬られるのならば、瞬く間に二十の弾丸を放とう。そして一瞬も重ねれば、千万《せんばん》の差となる。

物量で押し始める。彼の歩みは止まる。弾幕と進攻の均衡が、崩れるのは時間の問題。肝心の感情制御がうまく利《き》いていないのか、一度剝がれた能面はそのまま、彼は苦渋《くじゅう》を浮かべたまま。舌打ちをする。

――あと少し。あと五歩の距離が埋まらない。

彼は考える。はたして彼女の部屋と自分の窓までの距離が、そのくらいだっただろうか。

飛び込んで打ち負かすだけ。なのにそれが、今はこんなにも遠い。

声にならない悪態を吐く。

そんな彼の苦悩など知るよしもなく。

揺るがぬ微笑を浮かべたまま、彼女はよろめくように踵《かかと》を鳴らした。

繰り返される脳の欠損と再生、脳内麻薬の多幸感で思考はふわふわとおぼつかない。

死ぬ度《たび》に瞬間、途絶える意識の連続性。正気が崖《がけ》っ淵《ぷち》に転がり落ちていく中で。

フラッシュバックのようにふと脳の裏の裏を過ぎる哲学的思考。

生きる人間の細胞は次々と死んで入れ替わる。何年かすればそのほとんどすべてが新しいものに入れ替わるのだったか。まるで、ゆっくりと別人に作り変えられているみたいに。

では。死と再生により高速で入れ替わり続ける自分は？

本当に、一瞬前と同じ自分だろうか――。

（……どーでもいいわ）

自己の同一性なんて。

脳裏の裏の裏に、吐き捨てた。

だって、死んでもこの愛だけは揺るがない。ならいい。

――さあ、均衡を崩そう。

ふいに、放った弾丸が全て消える。振るいかけた剣の行き先をなくして、彼は虚を衝《つ》かれた。

その一瞬に。

詠唱《えいしょう》。一度に使える魔法はひとつだけ。消した魔弾の代わりに新たな呪いを、作る。

――弾丸は魔女の血でできていた。ならば、血袋である魔女の肉体は？

「『わたしこそが弾丸である』」

放つのは、己の身体《からだ》そのもの。

弾丸の如く加速し接近。

埋められなかった五歩の距離を瞬く間に詰める。

「は……」

彼の吐息に吃驚《きっきょう》が入り混じった。消えた弾丸を迎え撃つために振るった剣の軌道上に、魔女が飛び込んできた。

このままでは斬ってしまう。彼女を。

聖剣の持つ性質は『魔女殺し』。たとえ不死身であろうと、その刃で斬ってしまえば再生できない。

急ぎ身を引く。無理に軌道を変えたせい、手元はくるい、剣身はガキリと壁に突き刺さる。

「甘いのはどっち？」

耳元で甘い声が囁《ささや》く。

「あんなに言ったのに。四肢《しし》の一本や二本、切り飛ばす覚悟もないのね」

眉間《みけん》に皺《しわ》を寄せた彼から、反駁《はんばく》はない。どう足掻《あが》いても、飛鳥が彼女を傷付けることを良しとできなかったのは事実。

――そう、聖剣の励起《れいき》はあくまで負けないための最低条件。けして、彼の勝利条件ではない！

それでも啖呵は吐かざるを得ない。言葉は呪文だ。態度の隙はすぐに付け入られる。余裕面《づら》もせざるを得ない。虚勢を張るしかない。

たとえ勝ち筋が見えてなかったとしても。

つまりさっきまでのは、ただの合理による格好つけ。だと彼女は見抜く。男の子って馬鹿だ。

魔女は熱い頭で、冷めた目を細める。

「わたしは覚悟したわよ」

ゼロ距離の間合い。その手に魔法で血の鉈《なた》を、形作る。

狙いは壁に刺さった剣を引き抜こうとする彼の右腕。血が滲《にじ》み制服に染みを作った、その接続部。

細腕で鉈を振り下ろす。

初めから、聖剣を壊すのじゃなくて、残った腕から切り落とせばよかったのだ。

ああなんでそんな簡単なことを思いつかなかったのだろう？　咲耶は軽くなった首を傾《かし》げる。

きっと頭が新品で柔らかくなったおかげ。

いい気分だ、とても。

高速で振り下ろした鉈は瀬戸際《せとぎわ》で、壁から引き抜いた彼の剣に、粉々に打ち砕かれた。

だが。にた、と笑う彼女の指が、その剣身に触れている。

彼は理解する。

しまった、鉈はただの囮《おとり》。本命は――。

聖剣の刃と、触れた彼女の魔力がぶつかり合って閃光《せんこう》が弾けた。

魔女の頭上に捻《ね》じ曲がった赤黒い、竜を思わせる角《つの》が現れる。

本命は、聖剣に触れて、魔力の制御器官たる角を顕現《けんげん》させること。

魔女が勇者に近付けなかった理由は、聖剣を出させないため。とっくに聖剣が出ているならば、近付いてしまった方が魔女も本領を発揮できる分マシだ。

角の顕現に応じて、上昇する魔力。魔女はそれを馴染《なじ》ませるように、ゆるりと首を振った。

揺れる髪。透き通った亜麻《あま》色に、角の禍々《まがまが》しい赤銅《しゃくどう》がいやに映えた。

咄嗟《とっさ》に剣を振るい、彼は角を斬り飛ばそうとした。

けれどその角に実態はなく、魔力で出来た幻影だ。聖剣を受けても、一瞬霧散するだけ。切断は不可能。

そして魔女は、剣を振り抜いたガラ空《あ》きの腹に蹴《け》りを叩き込んだ。

踵には『弾丸』のバフが乗ったまま。見目は華奢《きゃしゃ》でも背の高い彼女は、意外に重たい。推定五十キロ以上、非力でも速度は弾丸。

彼は横に吹き飛ぶ。廊下《ろうか》の終点の真横は階段。段下の床に叩きつけられる。

だが、無事で済まなかったのは彼女の方も同じだった。

頭の中身は呪いの代償に絶え間なく破壊され、再生されたばかりの柔らかな脳は今際《いまわ》の幸福物質に晒《さら》され続けて、どうなるのか。平気なはずがない。

閾値《いきち》を超えた。

グラスに注がれすぎた炭酸の、泡《あわ》が溢《あふ》れるように。

「――あはッ」

理性が、思考が、正気が、遂に溢《こぼ》れ落ちる。

光の消えた瞳を、ぐるりと回す。見開いた眼《まなこ》に涙が滲む。

「ごめんなさい。わたし、気付いたの。間違ってたわ。あなたの記憶を消すなんて」

階段の上。背には廊下の窓。中庭から差し込む月光を背負い、咲耶は自ら突き落とした彼を見下ろしながら、唇を歪めて懺悔《ざんげ》する。

「本当はそんなことしたくない、したくなかったんだわたし、だって。どんな理由でも今のあなたがわたしを助けてくれたのは本当だもの」

紡《つむ》ぐ言葉がぐちゃぐちゃに絡まりそうになる。視界は明滅して、目が回るのに、何もかもがはっきりと見えた。

月の魔力が宵《よい》に酔わせて、口元を覆《おお》った指の隙間からきらきらと吐瀉物《としゃぶつ》のように本音が零《こぼ》れ落ちる。

「愛してるの今のあなたさえも。変わり果ててもまだ好きなの。消すなんて駄目できない……」

溺《おぼ》れそうになる思考の海の中、手繰《たぐ》り寄せるのは原初の願い。

――わたしは、あなたをしあわせにしたかった。

ならば。

魔女は、唇を赤く赤く歪めて、嗤《わら》う。

「記憶を消すまでもなかったんだわ！　わたし今わかったの。もっと早くて、明らかで、確かな方法があるじゃない。頭を弄ってしあわせにすればいい。あなたの脳味噌に、直接幸福物質でもなんでもブチ込んじゃえばよかったの！」

正解に辿《たど》り着いた確信に、喜びしか感じなかった。

なんて冴えて、冴えきった方法だろう。

うっとりと、目を細めて微笑《ほほえ》む。血の巡りは失われる度《たび》に加速して、頰《ほお》は真っ赤に染まる。

感情が氾濫《はんらん》する。虹色に、鮮やかに、凶的に。

「好きよ。好き……あなたのことが、大好き。大好きだからしあわせにするの、いいでしょう？」

しあわせは主観だ。現実が、客体が、どうであろうと脳味噌さえそう感じていればいい。

しあわせだと、どんな姿になってもどんな様になっても思えるならばそれは真だ。

家がなくても友達がなくてもお金がなくても青春がなくても身体がなくても寿命《じゅみょう》がなくても正気がなくても心がなくても。なんにも、なくても。

だから、ほら、ねえ？

そうしたら。

——わたしたちの物語は、誰も文句を言えないハッピーエンド。


そうよね？

そうであってよ……。


涙、一滴。彼女の、最後の正気が零れ落ちた。とぷん、狂気の淵へと溺れていく。

彼が蹴り落とされた段下の踊り場で、まだ立ち上がろうとするのを見下ろして。

魔女は嘆《なげ》いた。

「ああ、駄目。だめだわ抵抗しちゃ。でもするよねあなたはそうする。剣がなくても腕がなくても悪《わたし》に立ち向かうのでしょう。そんな勇者《あなた》が好きだけど駄目よ。陽南君《あなた》はそんなことしちゃ、だめ」

どうしたら逆らわなくなる？　この愛を、享受《きようじゆ》してくれる？　わたしに擁護《ようご》されてくれるだろう？

「……右腕だけじゃ足りないわ。両足があったら逃げるわよね。わたしを見てない濁《にご》ったその目が嫌いよ。ああ——なら、全部いらないか」

語調は、冷ややかになった。狂気は牢固《ろうこ》に、彼女を捕らえた。

「一緒にゲームもお料理もできなくなっちゃうか。悲しいわ、残念ね？　でもかまわないわよね？　眠るのも食べるのもそれ以外も、お世話したげる。怖いものから全部、守ってあげる」

会話の体裁《ていさい》は最早為《な》さず、独り言ですらない。ただむせ返るような魔力が、溢れる言葉を呪いに仕立て上げていた。

「大丈夫、安心して。わたしはあなたがどんなになっても愛せるから。不死身の魔女の愛は永遠なのよ。昔も今も未来さえ関係ない。ずっと隣にいさせてよ。わたしの愛で、ぜーんぶ、どろどろに溶かしてあげるから。ね？」

溺愛《できあい》を唱え、彼女は毒花のように微笑んで、両手を広げる。

だから――。


「お願い。わたしに、負けて？」

瞳孔《どうこう》の開いた瞳は、強く魔力を帯び始める。

魔力は角によって制御され、魔女の眼前に自動書記《オート》で魔法陣が展開していく。

死にながら吐いた魔女の言葉はもう、それだけで強烈な洗脳の呪文だった。聞く耳を持ってはいけない。内容を理解しようとしてはいけない。

飛鳥は彼女の声を意識の外に追いやり、立ち上がる。あえて適当な思考で脳内を埋める。

先の蹴りのトラックに撥《は》ねられたかのような衝撃、轢死《れきし》からの異世界転生するところかと思ったが、腹筋に力を入れたから耐えられた。痛覚はカットできても肉体に蓄積したダメージが臨界を迎えている。おそらく日頃の栄養不足が祟《たた》ったのだろう。飯は食べた方がいい。

踊り場の背後は壁。階段の下は瓦礫《がれき》で塞《ふさ》がれ行き止まり。

逃げ道はなく、どうやら、そんな隙《すき》も与えてくれそうにない。

赤く、光り、重なる魔法陣を見上げる。魔法は専門外だ。だがあれには見覚えがあった。

あの魔法陣は、硬直をもたらす瞳の威力を増幅するもの。それが、幾重にも重なっている。

流石《さすが》にあの魔法を食らったら動けない。そして、動けなくなった自分の頭を弄る気だろう。

いや、もう、頭だけでは済まないか。徴収《ちようしゆう》されるのは、彼女に届かせるための手足まで。

見上げる彼女が、完全にイカれてしまったことを理解する。

展開される多重魔法陣。その照準がこちらへ定まる。彼女のかざした指の隙間、左眼が熱を帯びて光り出す。

呪文を、瞳の真名を告げる。

「――『囚《とら》えよ』、【魔眼《Cinnabarnir》】」

とどめの一撃。魔眼の光は増幅され、光線となって放たれる。

勢いは砲撃のごとく。角の制御下にある魔術は、最早外されることはない。

撃ち抜かれる。その前に。

一瞬が細かに切り刻まれ、数刻へと引き伸ばされたような錯覚《さつかく》がした。

寸前の追憶が彼の脳裏《のうり》を走る。後悔《こうかい》。

あの時、彼女が弾丸となって飛び込んできた瞬間、間合いがゼロになった瞬間に、聖剣なんて放り出して綺麗《きれい》な顔を一発ぶん殴《なぐ》っておけばよかった。あの白く柔い腹を蹴り飛ばしておけばよかった。甘かったのは、感情を殺したはずだったのに忍びないと思ってしまった自分だ。

だが、あそこに時間を巻き戻したとしても同じように躊躇《ちゅうちょ》するだろう。だって自分は――。

ふつ、と怒りが追憶を打ち切った。

「ふざけんな……」

勝手に喧嘩《けんか》売って、勝手に暴走して、好き勝手言ってくれやがって。

――何が『おまえに感情はない』だ。あるわ、めちゃくちゃ。頭の中をかっぴらいて見せてやろうか。思考をすべて口に出して無理矢理聞かせてやろうか。

(なかったらこの喧嘩、とっくにてめえ半殺しにして勝ってたわバカが!!!)

瞬間、沸騰《ふっとう》する感情。『それは無駄だ』と訴える信号が、握った聖剣を通じて脳に送られる。

殺せ殺せ、感情《そんなもの》など。

ブチッ、と脳の血管が切れる、錯覚がした。

――ああ、正しい。いつもの勇者《オレ》ならそうしただろう。

感情は無駄だ。雑念は動作にミリのずれを生む。為すべきことを為すにはただ、機械のようにあればいい。だが。
・・・うるさい。

迫る光。撃ち抜かれるまであと数刹那《せつな》。腕に全霊を込めた。

感情のままに剣を振る。

断ち切るのではない。両刃の大剣、その側面を、光線にぶつけるように。振り抜く。

怒《いか》るべき時に怒れないのは、人間じゃない！


「話を聞けえええええ!!!」


呪われた聖剣には呪いを。

ならば。

魔女には、魔女の魔法を以《もっ》てして。


打ち返す。質量を持った光線が反射する。


「……え」

魔女は。

己の撃った光に呑《の》まれ、撃たれ、撥ねられて。

背後。割れた窓から落ちていった。

◇
◆

落下地点は中庭、睡蓮《すいれん》の池。

三階から落ちたにもかかわらず池の浮き葉がクッションとなり、衝撃を緩和《かんわ》する。

自らの魔眼を喰らって硬直した身体《からだ》は、重く、なのにちっとも沈まなかった。

（すごい浮く……巨乳だから……？）

朦朧《もうろう》とした意識の中で咲耶は思う。

しばらくの後、飛鳥もまた降りてくる。なんの躊躇もなく池に足を突っ込み、こちらへ来る。

「うお、めっちゃ沈む。筋肉のせいか？」

剣のせいでは？

落下の衝撃で少し我に返っていた。だが。

「頭冷えたかよ」

彼の顔を見た途端に。すとん、と。冷えきらぬ狂気が首をもたげる。

僅《わず》かに解け始める硬直。咲耶は倒れ伏したまま、震える手を伸ばす。

「どうして？　どうして拒絶するの？　今のあなたが何者だとして、しあわせじゃないことだけは確かじゃない。生きるために必要な最低限の幸福は、異世界《むこう》で全部なくしたわ。現世《こっち》にはもうなんにもない。帰ってきても戻れない。なら、とっくに脳味噌弄《いじ》られてるなら、わたしが上書きして何がいけないの!?」

だってもう、どう足掻《あが》いても、ハッピーエンドなんてないんだから。なら——。

「わたしの全部をあげるから、あなたの全部をちょうだいよ。わたしに、残りの人生全部ちょうだいよ！　ねぇ飛鳥……」

胸ぐらに縋《すが》り付いた。

目は、ぐるぐると狂気の渦を巻いていて。けれど、憂《うれ》いと悲しみに溢《あふ》れていた。それらは滴《しずく》となって零《こぼ》れ落ちる。

「わたしに、あなたを救わせてよ……」

壊れた頭で紡《つむ》ぐ言葉は、論理が破綻《はたん》していた。

それを最後まで黙って聞いて。彼女がぼろぼろと溢《こぼ》す涙を、見て。

飛鳥は深く溜息を吐いた。

「ああそういうことかよ畜生《ちくしょう》」

どうして彼女がこんな凶行に及んだのか、やっと腑《ふ》に落ちた。戦闘中に当てられぬように聞き流した呪文のような嘆きが今追いついて、意味を理解する。

——愛ゆえの暴走、などという。

単純で、けれど呑み込むには難しい答えを。

飛鳥は思う。

話は勝ってから、とか。余裕ぶっこいた自分をぶん殴りたい。

ここまで引き延ばしてしまったのは、染み付いた売られた喧嘩を買う性《さが》、反駁《はんばく》するよりもまず殴り返した方が早いと思ってしまう歪んだ認識のせいだ。

勝つか負けるかだけの異世界でその生き方に慣れてしまった。自分たちはもう、相手を負かして屈服させないと話ができないし、身を以《もっ》て敗北をわからされないと、耳を傾けることもできない。そのやり方しか覚えていない。

だが今は、負かすのはもう、ただ倒すためじゃない。

分かり合うためだ。

「咲耶」

合わない視線を、それでも合わせる。会話を隔《へだ》てた大きすぎる力と、多すぎる血の気と、高すぎる戦意はもう折った。

胸ぐらを摑《つか》み返そうとして。摑める布が胸になかった。

「おまえは間違ってる」

細い手首を、折らぬように摑む。

「もう一度言う。おまえを助けたは『ない』じゃない。いらない……だ」

「…………」

返事はない。彼女の意識は正気の向こう側に落ちたまま。

だが、声が届いていないとは言わせない。

摑んだ手を、浅瀬へと引き上げる。

「咲耶、言ったよな。俺がたまたま偶然、おまえのことを思い出してしまったから助けたんだろう、って」

たまたま、偶然、再会したから思い出した——そんなわけがない。

——そんなに簡単に、消えた記憶を、擦り切れた自我が、思い出すわけないだろう。

ならば何故思い出したのか。

決まっている。

額を突き合わせる。声を張り上げる。正気でないから聞こえないなどと、言わせるものか。

「好きだったからだよ！」

真実の告白を。

「君のことが。二年よりも前からずっと！」

一拍、二拍。永遠にも思える、短い間。そして咲耶の瞳に、僅かに光が灯り——。

ぽろりと、鱗《うろこ》のように目尻に溜まった涙が剝《は》がれて落ちる。

「…………え？」

七章

成れの果ての恋、だとしても。

first love
come in
the window.

1

突き合わせた額。その衝撃で脳が揺れ、我に返ったのだろう。

ぴたりと止まる涙。間近、睫毛《まつげ》の本数さえ数えられるほどの距離で。ようやく彼女の瞳が俺を映した。

「目ぇ覚めたか?」

咲耶《さくや》は、頭突きのダメージを受けた額を押えながら、しぱしぱと瞬きをする。

「えっ……わたし今まで何を……!?」

咲耶は青ざめる。頭が壊れていた間も記憶は残っているのだろう。自分のやらかしにドン引きできる程度には正気。

「よし、やっぱ叩き起こせば起きるんだよな。聖剣然《しか》り魔女然り」

「脳筋……!」

「黙れ脳悪が」

「そんな言葉ないし！」

加減はした。デコピンよりはよっぽど威力控えめだろう。そもそもさっきまで暴行罪のフルコースやってた奴に文句言われる筋合いはない。

咲耶は、はっと気が付く。

「違うそうじゃなくて……あなた今なんて⁉」

遅れて、俺の告白を認識して。糾弾《きゅうだん》する。

先に愛してるだのなんだのと叫んだのは彼女のくせして、その声音《こわね》に甘さは少しもなく、赤くなってもいない。ただ、困惑だけ。

「昔から好きだった、なんて言っても。信じられるわけないよな」

なにせ咲耶は、俺を昔とは別人だと思っている。なんならこの俺に人の心があるかどうかすらも疑っている。感情も自我も、紛《まが》いものじゃないかと。

バカげた話だ。本当にバカげているのは、否定する言葉が咄嗟《とっさ》に出てこなかったこと――俺すら、その通りじゃないのかと疑っていたことだ。昨日までは。

「なら、俺の頭の中身を覗《のぞ》け。できるだろおまえなら」

「……いいの？　だってわたし――」

「もし洗脳しようとしてくるなら、聖剣で遮断《しゃだん》するまでだ」

そんなことせずとも言葉で弁明すればいい、というのは正論だ。だがそれは常人の理論だ。

日常ならば、それは正しい。だがここはまだ非日常の結界の内で、今は異世界の続き。

——言葉じゃ意味がないのだ。言葉で片付く段階は、もう過ぎている。

「信じさせてやる」

そして、咲耶は俺の頭におそるおそると指を触れた。

2

想起する記憶は三つ。

二年と少し前の現世、彼女が俺を『陽南《ひなみ》』と呼んでいた頃の記憶。

二年間の異世界、【勇者】としての記憶。

そして現世に帰ってきてからの、俺の記憶だ。

◇

二年と少し前。俺がまだ正真正銘《しょうしんしょうめい》に普通の高校生だった頃のことだ。生い立ちは少々変わっていたかもしれないが、充分普通の範疇《はんちゅう》だろう。

勉強、友人関係、学校生活……何も悩みがない。しいて言えば早めに終わった成長期と日に日に下がる視力くらいか。将来の夢は身長二メートル視力五・〇だったので、少し残念だった。

ともかくとして。俺はその程度に、普通のやつだった。

一方、同級生だった文月《ふみづき》は特別なやつだった。誰もが振り返る美少女で、由緒《ゆいしょ》正しき旧家のご令嬢で、完璧《かんぺき》な優等生。そんな彼女のことが、実は俺は苦手だった。

彼女の振り撒《ま》く隙《すき》のない笑顔が、作り物みたいに嘘くさく思えたから。

もちろん、文月は綺麗《きれい》だと思うし、微笑《ほほえ》まれたらどきっとはする。だがその心臓の軋《きし》みはどこか、不意に目の前の人間がマネキンの様に見えてどきっとするような、違和感のそれに近い。

俺はホラー映画が苦手だったので、まあそういうことである。なんか怖かったんだよ、人間味なくて。

——今となっては文月の笑みが『演技』だったせいだとわかるが、当時は知る由《よし》もない。

さて、だが、笑顔が苦手というだけで文月を嫌う理由にはならない。

同じ文化祭の実行委員になれば関わるし、文化祭が無事に始まれば同じ困難な仕事を終えた同僚として飲み物の差し入れくらいしようとするし、終わったはずの仕事が残っていると彼女が嘘を吐いてまで失踪《しっそう》していれば探しもする。

俺は普通で、普通にいいやつだったから。

だから、いつもとは違う疲れ切った様子で屋上前の階段に蹲《うずくま》る彼女を見つけたら、持っていた天文部用の鍵《かぎ》で屋上の扉を開けるくらいは、するだろ。屋上は天文部以外、立ち入り禁止だったとしてもだ。

俺はそれなりに真面目《まじめ》だったが、ルールを破ることが正しい時があることを知っていたから。

文月を屋上に連れ出して、たわいもない話をして。

「ん」

俺は差し入れようと思っていた飲み物を見せた。二つの缶。ココアと、ブラックコーヒー。

「どっちがいい」

文月は、少し迷って答えた。

「コーヒーを、いただいても？」

「実はブラック飲めなかったから、助かる」

缶を渡した。不思議そうに文月は言う。

「飲めないのにどうして買ったの？」

「見間違えたんだよ。眼鏡《めがね》の度が合ってなくて」

「じゃあ、わたしがココアを選んでいたらどうしたの？」

俺は顔をしかめ、神妙に言った。


「……人生には、諦めも大事だよ。文月」


その時は覚悟と責任を持って飲みきるまで。想像しただけで口の中が苦い……。

文月は、ぱちぱちと目を瞬いて、くすっと笑い出した。

「あはっ、なにそれ。たかがコーヒーで、そんな思い詰めた顔して言うこと？」

COFFEE
CO CO

それは軽やかで嘘の気配など欠片《かけら》もない、綻《ほころ》ぶような笑い方。

紅潮する頬《ほお》に確かに血が通う。笑顔は普段の完璧さとは程遠く、左右非対称、だけど自然。

「ふふっ、陽南君ったら。おかしいの」

度が合わない眼鏡では、彼女の顔がぼやけて見えたが。それでも、その笑みが。今まで見た彼女の笑顔の中で、一番綺麗だと思った。

——心臓が軋んだ。だがそれはけして、今までのような違和感ゆえのものじゃない。

もっと笑ってほしい、その笑顔が見たい、と思って。

（……ああ、なるほど）

これが、初恋というやつなのだと理解した。

そして同時に、それが叶わない恋というやつであることも理解できた。

なにせ旧家のご令嬢である文月には、今時めずらしく婚約者がいるというのは有名な話。その状況で想いを伝えるのはただの自己満足だ。関係の進展はあり得ない。

別に、平気だ。初恋が即時に失恋になったことくらい。

二人きり屋上でたわいもない話をして、たった一度嘘のない笑みを見た。それだけの関係だ。

この失恋は所詮《しょせん》、時が経てば忘れる記憶だ。

——そして実際にその記憶は、時が経たずとも、異世界で綺麗さっぱり忘れることになる。

一年の終わり。異世界に召喚され、世界を救ってくれと言われて勇者になった。

選択権は、まあ、ないようなものだった。

記憶を失くしたのは自分で頭を弄《いじ》ったからだ。弄ったのは異世界がクソブラックだったからだ。

常に死と隣り合わせでおまけに飯がマズい、滅びかけの異世界をほぼ一人で救うには、現世で培《つちか》った自我では耐えられなかった。現世の記憶があっては邪魔だった。家や友達やカップ麺を思い出し、郷愁《きようしゆう》の念に駆られて枕を濡らしているようでは世界を救えない。

必要なのは、敵を倒すという機能だけ。

まあ俺は涙腺《るいせん》が固いので実際泣いてはいないが。そもそもほとんど野宿だったから濡らす枕がないんだよな。ははは。死ね異世界。

と、そんな調子の雑念が邪魔で、それらを消そうと自ら精神改造をしてうっかり記憶と自我を消しすぎてしまったらしい。自業自得《じごうじとく》か。

いや自己洗脳機能付いた聖剣渡すような人類と、自我あると精神崩壊するブラックさの異世界が悪いっちゃ悪いけどさ。

それでも自分で、自分を消してでも「世界を救う」と選んだことは覚えてるんだおぼろげに。じゃあ俺のせいだ。

あと、身体改造は全然俺からせびった。戦闘中に眼鏡割れるわタッパ足りないわで散々だったから。流石《さすが》に身長二メートルにはなれなかったが。夢叶わず。

――剝離《はくり》した自我と、意識の断絶の二年。世界を救うという使命感で白く塗り潰されたあの頃の記憶はあまり残っておらず、ただ、過ぎ去った情景が朦朧《もうろう》とあるだけだ。

異世界の人類に恨みはない。

本当に果たしたい目的のために手段を選んではならない。その論理には共感していたし、召喚した俺一人で世界を救えるならめちゃくちゃコスパいいよな、と納得さえしていた。異世界人カスだな～とは思うけど。奴らは奴らなりに、世界が滅ばないために必死だったんだろう。

そう思えるくらいに、かつての俺は普通にいいやつで、いいやつだったから。

二年が経過する内に、自分でものを考えることも、何かを感じることも、自らの名前すら忘れても。

かつて俺だった勇者《なにか》は、何も恨まないと決めたことだけは覚えていた。

その、はずだったのだ。

――最後の戦場で、彼女と、再会を果たすまでは。


『……陽南、君？』

その声に、綺麗さっぱり忘れていたはずの記憶が蘇《よみがえ》る。

どうやらかつての陽南《オレ》は意外と執着をするたちだったようで、現世での失恋を引きに引きずっていたらしい。

目の前にいる魔女が文月《かのじょ》だと理解したその時に。

――失ったはずの感情が、吹き上がった。

『……こんなところで、何してんだよ』

自分が勇者になるのはいい、別によかったのだ。

なにせ天涯孤独《てんがいこどく》に近い身の上だ。自分がいなくなって悲しむ人間はそう多くない。元の世界にそれなりに未練はあるが、諦めはつく。

それに俺は普通のやつだったから、現世では普通に生きて普通に死ぬだけだったろう。ならまあ、異世界で人の役に立てるなら捨てたものじゃない。

だが彼女は違う。

誰がどう見ても特別で、そのくせ笑い方が上手《うま》すぎて下手《へた》だった文月は、異世界で魔女などやってはいけない。何故なら——何故、など言うまでもあるか。好きだったやつに自分の知らないところであろうと幸福であってほしいと願うことは、ただの当たり前だ。

それが何故。「世界を滅ぼす」などと！

不幸のどん底にいるやつしか見ない悪夢《ゆめ》を掲《かか》げて、ここに立っている。

『————ふざけるな』

怒り方を、思い出した。思い出したままに、感情《いかり》の出力を上げる。錆《さ》び付いた思考回路を、無理矢理に動かす。

二年の自己改造の結果、既に勇者の中身《うつわ》は空《から》で〝世界を救う〟という使命だけが満ちていた。だが僅《わず》かな記憶と強烈な感情が呼び水となり、更地《さらち》となった精神に、自我が芽生《めば》える。

それは〝文月咲耶についての記憶〟から逆算して再構成した〝自我〟だ。

その自我で、「世界を救え」「魔女を殺せ」と喚《わめ》く使命を黒く塗りつぶす。

（ああ、何もかもクソッタレだ）

世界を滅ぼすなどという悪事に彼女を巻き込んだ魔王も、敵もまた異世界召喚をしていると知っていて黙っていただろう人類も、覚えちゃいないがかつての俺が自分を消してまで「救う価値がある」と断じたはずの、異世界の全てが！

だから。

使命に、機能に、全力で逆らって叫んだのだ。

『帰ろう。帰りたいって言え。帰るんだよ！』

『俺と、おまえで！』


『──今からすべて、終わらせて!!』


そして俺は魔女を連れ出して、ついでのように魔王をぶった斬って、こちらを逃すまいとする人類を振り切って、現世に帰還したのだった。

我ながらよくやった方だろう。咲耶を助けるだけじゃなく、マジで救う義理ないな、と思った異世界さえもついでできっちり救っておいたんだぜ？

だから。俺はあの世界に憂《うれ》いも未練も、ひとつだって残しちゃいない。

確かに終わった。終わらせた。その認識が、自覚がある。

たとえ俺の自我がちょっと違法建築状態だったとしても、万事解決という晴れ晴れしい結果の前では些末《さまつ》なこと。

——ここが、この場所こそが、完全無欠のハッピーエンドだ。そうだろう?

……そう思って、現世に帰ってきたのだが。

そこで待ち受けていたのは「帰る家すらない」という現実だった。

いや、もう。噴飯《ふんぱん》。


二月の深夜。病院を抜け出して、家のあった場所が更地となっているのを見た時、笑うしかなかった。

だってそうだろ。

一度、異世界《むこう》で自我が消えたことは事実だ。咲耶と再会したことで取り戻した感情と、僅かな記憶。それを由来に再生した『自分』が不確かな存在であることに変わりはない。

果たして、取り戻した記憶は本物なのか。

自分は以前と同じ陽南飛鳥《あすか》だと言えるのだろうか?

証明なんて、できやしない。

……流石に、家に帰ったら自分が『陽南《じぶん》』だった実感が湧くかと思ったんだが。

ないものは、もうないのだ。まったく異世界はクソだが現世もカスだな。

正直この状況はかなり面白い気さえする。家が更地になってた話は、鉄板の自虐《じぎゃく》ネタにできそうだと思った。披露する友達ももういないのが、残念だ。

俺は、ひとしきり笑って、笑い疲れて、煤《すす》けた縁石に腰を下ろす。長く、溜息を吐く。

帰る家がないという現実を突きつけられても悲しくないことが、多分悲しかった。

「飛鳥」

呼びかけに、顔を上げた。

いつの間にか咲耶は、近くの自販機で飲み物を買っていたらしい。

「どっちがいいか、選びなさい」

差し出された二本の缶。ラベルに書いてある文字は、ココアとお汁粉《しるこ》だった。

「なんだその組み合わせ」

咲耶はしかめっ面《つら》のまま、目を逸《そ》らした。

「………見間違えたのよ。コーヒー買おうとして」

「いやおまえ目ぇ良くなかった?」

咲耶は時々、絶望的に鈍くさかった。

「うるさい。あんただって、間違えたことあるくせに!」

彼女の口から飛び出したのは——いつかの屋上での出来事だった。

「………覚えていたのか」

「な、何よ。忘れるわけないじゃない」

うろたえる彼女を前に、歪みそうな口元を押さえる。

――ああ、アレは本当に、あったことだったんだ。

たとえ俺が全部忘れても、かつての俺を知っているのは自分《オレ》だけじゃない。

彼女が知っていてくれる。過去の俺のことも。俺があの世界にいたことも。

記憶の真実性が保証されたことが、それをよすがとする不確かな自我が少しだけ地に足ついたことが、何よりも、彼女が、覚えていてくれたことが。

――どれだけ、救いだったか、なんて。

あの時の君は、知る由《よし》もなかっただろう。


「……いや、でも汁粉はねーわ。どうやったら見間違うんだよ。全然ちがうだろ。節穴《ふしあな》か？」

「うう……！」

節穴の自覚はあるらしく、咲耶は悔《くや》しそうに呻《うめ》きながら俺にココアを渡そうとする。

「いいよ。寄越せよそっち。おまえ確か、甘すぎるのは苦手だろ」

小豆色《あずきいろ》の缶を奪い取る。意地っ張りな彼女はそれを奪い返そうとするから。さっさと開けて口をつけてしまう。

別に、どっちだってよかったのだ。

俺の味覚は壊れていた。

異世界の不味《まず》い飯に耐えるために、味覚を弄りすぎたのがよくなかったのだろう。バグった舌では、酸《す》いも甘いもどうせわからな――、……？

「はは……なんだこれ」

天を仰《あお》いだ。

「どうしたのよ」

「バカみたいに、甘い。……味がする」

「当たり前でしょ。甘い味がするなんて」

違うよ咲耶。そんなこともずっと、当たり前じゃなかったんだ。

缶を、握りしめて。その熱に、自分の指が悴《かじか》んでいたことを知る。

「………寒いな、今日」

「今まで気付かなかったの？　本当、ばかね」

違うんだ。君がくれたものが、あまりに温かかったから。今、気付けたんだ。

詰《なじ》る言葉の妙に柔い声音《こわね》が、折れて痛む胸に心地よく響いて。

もう、悲しくないことが悲しいなど思わなかった。


――あの時は、まだ。

それを伝えるための言葉も。そう伝えることが許される関係も。

俺たちの間には、なかったのだ。

ぶちまけられる頭の中身は、これで全部だ。

◇

3

記憶の同期は切れた。

深く息を吸う。腕掴《つか》んだまま、目の前の咲耶に問う。

「……で？　誰が、『人間じゃない』って？」

頭の中をかっぴらいて見せた。散々感情がないだの自我がないだの言ってくれたが——いやもう、ほんっと。

「こんなことしなくてもわかれよ！　どう見てもあったろ人間性。おまえずっと見てたろ隣で！　節穴か⁉」

「な、」

咲耶は、たじろぎながらも言い返す。

「なかったわよ！　あんた異世界ボケして奇行ばっかしてたじゃない！」

……？

覚えがないな。記憶喪失《そうしつ》かもしれない。

「わたしの目が節穴ならあんたは目くそだわ！」

「あ？　その綺麗《きれい》な口でくそとか言うんじゃねえ。文月はそんなこと言わなかった」

「!?」

咲耶がなんかすごい顔した。わかるよ、理不尽だよな。『おまえはそんなこと言わない』って他人に言われるの。俺はさっきおまえに言われたけどなぁ！

「じゃあなんだ。仮に俺が人間らしくなかったとしたら。三大欲求の証明でもすればよかったのか？」

「できないでしょ。あんたほっとくと寝ないし食べないじゃない……！」

「あれは成績と通帳の残高が死んでただけだ。あるわ睡眠欲も食欲も」

「性欲も……!?」

「あ？」

セクハラで訴えるぞコラ。

というか。

咲耶の胸元に、視線が落ちる。この布量で防御力が高いことが納得いかない、魔女の衣装。

……なんなら、こいつの存在がセクハラじゃないか？

なんだその服。痴女《ちじょ》だよもう。どこをどう隠してるんだよ。露出が高過ぎて逆に全然エロくない気がするのもそれはそれでどうなんだとか考え――己の頰《ほお》を平手打つ。

今のは品性がなかった。許されない。死ね俺。

「なになに!? 怖い」

なお、痛覚遮断《しゃだん》はもうしていない。自分で頭を弄《いじ》るのはキモいし健全じゃないからだ。

彼女の硬直は解けかけていても、まだ立ち上がれないのだろう。蓮池《はすいけ》の浅瀬、へたり込んだ水面《みなも》に裾《すそ》が花のように広がる。

「――でも！」

咲耶は睨《にら》めばいいのか泣けばいいのかわかってない目で、俺を見上げる。

「あなたが変わったのは本当じゃない」

彼女の糾弾《きゅうだん》は三つ。今、証明したのはひとつめの、人間性の有無だけだ。

二つめ、彼女は問うた。『今の俺は昔と別人じゃないのか』と。同一性は、如何《いかん》。

悪魔の証明だ。これぱっかりは否定し切れない。

「確かに、俺は昔と同じじゃないかもしれない。なにせ一度死んだようなものだ。自分でも散々疑った」

目を瞑《つむ》る。肯定する。

結局異世界《むこう》で一度自我を失くしたことには変わりなく、ここにあるのは僅《わず》かな記憶と感情を核に、かつての陽南飛鳥を参照し、再生した人格だ。本物とはどこかズレているのだろう。

だが。

「それでも、俺は俺だ」

躊躇《ためら》いなく、そう言い切る。

——たとえ一度中身が空《から》になったとして。

「同じものは、ひとつしか残ってなくても」

最後にひとつ大事な感情《それ》さえ残っていたのならば。

「その感情で俺が今、ここで思考を回して、生きているのは本当だ。なら地続きだ」

この感情が、思考が、自分を今も陽南飛鳥たらしめていると信じたっていいだろう。

第一、自我の証明なんて誰にもできやしない。普通の人間だって、昨日の自分と同じ保証はないんだ。なら。俺が誰かなんて俺が理解《わか》っていれば納得していればそれでいい。

「そのことを、誰よりも俺自身がわかっている！　……だから、何も問題なんてないんだよ」

——あとは誰かが、それを知っていてくれれば充分だ。


「あとは君が、そう信じてくれれば本当になる」


咲耶の瞳が揺れる。「そんなのって……」

理屈が通ってたとしても、心で納得できない。

とでも言いたげに開いた口を、遮《さえぎ》る。

「それと、な。最近だいぶ記憶思い出してきたから言うんだが――そもそも、俺、昔とそこまで変わってないと思うぞ」

別人呼ばわりされる筋合いが、そもそもない。

「えっ……？」

咲耶は困惑した。

「いやあんた、感性おかしくなってるじゃない。更地《さらち》見て笑うし不謹慎《ふきんしん》なことばかり言うし変な服着るし」

はぁ、これあんまり言いたくないんだけど。

「俺、昔から、ばあちゃんの通夜《つや》で爆笑するようなやつだった」

「…………はい？」

「笑うしかないだろ。身内が年甲斐《としがい》もなく海水浴で崖《がけ》から飛び込んで死んだら」

「⁇」

「しかも犬神家《いぬがみけ》のポーズで」

「なんの話してるの⁉」

身内の恥《はじ》だからあまり言いたくなかったのだが。

「うちの家系、なんかアレなんだよ。無茶やって早死にしたり会社潰して家更地にしたり」

異世界に召喚されてうっかり世界救う羽目になったり。多分血筋のせいだ。

咲耶は愕然《がくぜん》とした。

「そんな……あなたって、元々頭おかしかったの……!?」

「失礼だな」

「ダサい服のセンスも、元々!?」

「は？　痴女服着てるやつがケチつけんな」

いいだろ別に、私服ぐらい好きにさせろよ。……いやそれはブーメランか？

咲耶はぶつぶつと呟《つぶや》く。

「そ、そうよね、よく考えてみれば頭おかしくなきゃ自分で記憶消してまで世界救おうとしないわね、盲点だわ……！」

「なんで悪く言うんだよ。要するに俺がめちゃくちゃいいやつってだけの話だろそれは」

「ものすごーくいい人なのに不謹慎なのは性格歪《いびつ》すぎでしょ!?」

「そこはほら、個性と多様性」

人の感性はそれぞれ。尊重しようぜ。

咲耶はあからさまにショックを受けていた。

「そんな……陽南君って、変な子だったの？　初恋だったのに……」

二年遅れの幻滅。いやおまえ正気に戻ってからの初告白《ぶっちゃけ》がそれって……。この言い様で両想いとわかっても、情趣《じょうしゅ》に欠けて特に嬉しくない。

溜息を吐く。

「だから。おまえ、そもそも昔の俺のこと知らねぇじゃん。友達じゃなかったからさぁ～……」

俺がついこの間まで、咲耶の本性が根暗だと知らなかったように、だ。

「じゃあ、わたし……一体、何を思い詰めて……？」

「だからっ、思い込みで喧嘩《けんか》売るなって！　おまえは血の気が多過ぎる！」

結論、早とちり。ただそれだけを伝えるために、さっきまで刃傷沙汰《にんじょうざた》を繰り広げていたというわけだ――いやふざけんな。

「そんなだから世界を滅ぼそうとするんだ、この魔女！　テロリスト気質！　脳味噌の治安が悪いんだよおまえは！」

「脳味噌とかあんたが言うと洒落《しゃれ》にならないわ!?」

「俺は弄られてるから逆に治安が良いんだよ!!」

「死ぬほど不謹慎!!!」

真実を前に和解は程遠く、ぎゃあぎゃあと言い合う。

「いやわたしが悪いのは認めるけど、誤解させたあんたもちょっと悪いわ!?」

有史以来、人は何故すれ違うのだろうか――。不思議だね。

咲耶はくっ、と悔《くや》しげに息を呑《の》み込む。

「なんで、誤解だって早く言わなかったのよぅ」

「おまえが弁明する暇もくれずに襲い掛かったからだろ」

おっしゃる通りです、と。咲耶はきゅっと顔を萎《しぼ》めた。

俯《うつむ》く。沈黙。それは少し長引いて。

静寂が次第、痛み出す。


「ならなんで——もっと、早く、全部、言ってくれなかったの？」


顔を上げなくてもわかった。彼女の声は潤んでいた。

言えたはずだ。本当のことを、もっと早く。昨日、一昨日、否《いな》、再会したその時に。

——いや。好きだったから思い出して助けたなんて、なんかちょっとキショいだろ！　言えるか。俺の自我は失恋引き摺《ず》り野郎だって！

とか。いくらでも言い訳はできた。しなかった。

水底に膝をつく。ずぶ濡れになるのも構わずに。視線を合わせる。

——今更だ。今更、想いを伝えるなんてただの自己満足。

そう考えていた。だが伝えるべき想いを伝えないのも悪いエゴだ。

言葉で済む段階がとっくに過ぎていたとして、それは言葉にしない理由にはならなかった。

「……悪かった。言えなかったのは、俺がビビりだったせいだ」

どうして言えよう。彼女に、自分を否定されたら。瑠璃《るり》に見抜かれたように、『あなたは陽南君じゃない』と拒絶されたら。

隠していれば誰も傷付かないと思った。自分も含めて、だ。

言えば、彼女はどんな顔をするかと恐れた。挙げ句の果てに今、こんな顔をさせている。

頬《ほお》にはまだ洗い流せない、血涙の跡。

咲耶をここまで追い詰めたのは、俺に意気地《いくじ》がなかったせいだ。

「それに、言うほどのことじゃないと、たいしたことじゃないと本気で思っていたんだ」

そもそも、俺は現世に帰ってきてから咲耶とあまり関わる気がなかったのだ。

俺は所詮《しょせん》、陽南飛鳥の〝成れの果て〟だ。人間もどきだ。こんな自分《モノ》に、あまり付き合わせるわけにはいかない、と。

勇者としての使命も果たした後だ。現世でどうせやることもない。あとは余生。一人で、静かに平穏に、できるだけ『普通』のツラして、生きていくつもりだった。

学校に戻ったのは、まあ、少しばかりの未練だ。進路希望書に世捨て人と書いたら呼び出しを食らって、復学しなけりゃよかったと思った。だが、たとえ戻ってきたとして。

彼女と関わるのは、あの、更地の夜が最後でいいと思っていた。

……思って、いたのだが。

「おまえさ、窓から入ってくるじゃん」

こっちの気も知らず。わけわからん。

けど、わけなんて知らなくったっていい。

「結構、嬉しかったんだよ。会いにきてくれたこと自体は。経路はマジでどうかと思ってたけど。おまえといるのは、話をするのは、多分喧嘩さえちょっと楽しかった。……楽しかったんだ、本当に」

目が冴えて寝られなくなるくらいには。

おかげで欲が出た。友達になりたくなった。人生の続きを真面目《まじめ》にやりたくなった。世を、捨て損《そこ》なった。その欲に気付いて、全部どうだってよくなった。

――なんだ、人間らしいじゃん。

何が余生だクソ食らえ。全然、これからじゃないか。とっくにそう、思えていたから。

「だから本当に、たいしたことないんだ全部。たいしたことじゃ、なくなったんだ」

「――君のおかげで」

感情を言葉にする。形にしたその言葉が、心が、確かに自分のものであると確かめる。

それが正しく伝わったなら、その心は君の慰めとなってくれるだろうか。俺の感情は、俺が俺であるという標《しるべ》だけではなくて、君を救うものになってくれるだろうか。

もしそうであるのなら、よかったと思える。

――かつての俺が、君を好きになったことを。

今、君を好きな自分としてここに在ることを。

咲耶は、潤んだ目に俺を映して。

自らの胸を押さえつけた。

「強がりよ。気休めだわ。だって現実は何も変わってないじゃない」

正気を失っていたとしても、彼女が言っていたことは全部本音だったのだろう。

俺は、あえて頷《うなず》く。

「そうだな。言う通りだ。俺の人生まああ詰んでるし」

具体的には留年《ダブ》ってるし今月の家賃ヤバいし腕とかなんかキショいし。

「……おまえも不死身のままだし、な」

──気付いていた。今朝、貼り間違えた絆創膏《ばんそうこう》を見た時から彼女の嘘には。

咲耶の外見だって、目の色と角《つの》以外、二年前と少しも変わっていない。……もっと早く気付くべきだったな。

だからどうすればいいのか、今日ずっと考えて。彼女に呼び出される前にはもう、決めていたのだ。

答えを。

「なんとかする」

「え?」

「だから、なんとかするって言ってんだよ。現世の問題も異世界の置き土産《みやげ》も全部、片付ける。俺とおまえのこと、ひっくるめて」

「そんな、簡単に、どうやって……!」

「知らん。これから考える。……まあ～、なんとかなるだろ。俺最強だし？」

「楽観的にもほどがあるわ!?」

突っ込みというより悲鳴だった。

「ああそうだ。俺は悲観主義のおまえとは違う」

三つめ。最後のひとつ、まだ反論すべきことが残っている。

俺の人生をくれ、と彼女は言った。魔女のやり方でしあわせにするのだと、何もかもが駄目なのだからいいだろう、と。

『わたしに負けてよ』と彼女は言った。

その返答が、まだだった。

「俺はまだ何も諦めちゃいないんだ。だから、魔女《おまえ》には負けられない。……俺の人生はまだやれない」

時として、人生には諦めも大事だ。だけどそれは今じゃない。

だから魔女の理屈で用意された甘い結末なんて、いるものか。

たかが異世界ごときで全部諦めてたまるかよ。

「おまえを元に戻す。そのために力が必要だ」

まだ聖剣《これ》が。

目的を果たすには、手は一本じゃちょっと心許《こころもと》ない。二本でもまだ足りない。

「だから貸してくれ、君の手を」

手を差し出す。

「助けてくれよ。——友達、だろ?」

ほら、約束通り。今度は、ちゃんと言った。

咲耶は、瞳を歪めて。

俺の手を取った。

「……ずるいわ、そんなの」

一筋、静かに滴《しずく》が頬を洗い流す。

震える、けれど確かに正気の声音《こわね》で。

「そんなこと、言われたら。わたしもう……絶対に勝てないじゃない」

戦意は雫《しずく》に溶けて消えた。

そして空は割れ、結界が解ける。


魔法の解けた空を見上げる。月は欠けたまま、学校はどこも壊れておらず、吸い込む空気は正常でどこか魔力が薄い。

正しく現世に戻ってきた。

池から這《は》い出た中庭で、彼女は変身を解いた。

魔女のドレスは見慣れた制服に戻る。捻《ね》じ曲がった角も粒子となり霧散する。

緊張がようやく解けたのだろうか。立ち尽くす咲耶は微塵《みじん》も表情を変えないまま、ぽろぽろと涙をこぼし始めていた。

「ごめんなさい」

はっきりとした、謝罪。声と感情を震わせずに、ただ滴だけを零《こぼ》す不器用な泣き方だった。

「あなたに酷《ひど》いことを言ったわ。取り返しの付かないことをしようとした。正気じゃなかったから、なんて言い訳しない。……正気に戻っても、あれが間違いなくわたしの望みだったことは、わかってるの」

俺は冷静に頷いて。内心で、青ざめた。

おまえラリってた時、俺のこと四肢《しし》切断して監禁《かんきん》するとか言ってなかった？　正気に戻っても全然望んでんの？　こわ……。ツンデレじゃなくてヤンデレかよ。

俺が静かに絶望する最中、咲耶は謝罪を続ける。

「悪いことしたってわかってるのに、悪いと思ってなくてごめんなさい。……わたし、やっぱり悪いやつで、ひとでなしの魔女なんだ……」

普段、あれほど嬉々として『魔女』を名乗っている咲耶が、自罰《じばつ》めいた弱音を吐く。

彼女のズレてしまった倫理観《りんりかん》は頭の奥に深く食い込んでしまった楔《くさび》みたいなものだ。その思考自体が魔女としてかけられた呪いなのだと、理解する。

……こいつはこいつで人外なの気にしてたんだな。当然か。

「ばっかじゃねーの」

自虐《じぎゃく》はいい。笑い飛ばせる。だが自罰は駄目だ、と思った。なんの得にもならない。なんでわざわざ自分で自分に、呪いをかけるようなことを言うのか。

「おまえ、人間味しかないよ。俺の三倍くらい『人間』だわ」

咲耶は、驚いて。

「……それ、あんまりじゃない？　わたし、人間として三十点くらいよ？　逆算するとあなたは人間として十点って意味だからね？」

「はは。合ってる」

「笑うな！」

評価は厳しいくらいが張り合いが出る。

涙も引っ込んだらしい。憮然《ぶぜん》と咲耶は涙を拭《ぬぐ》って、躊躇《ためら》いがちに再び、口を開いた。

「……ねえもし、わたしが、人間に戻れなかったら？」

「この流れでそんなこと言うか？」

さっきいい感じに締めたろ、俺。

「わたしの人生負け続きだから、全部なんとかなるなんて簡単に信じられないの」

ふむ。

悲観的な彼女は、最悪の結末《バッドエンド》を考えないと安心できないのだろう。

もしも人間に戻す方法が見つからなかったとしたら。彼女だけ不死身のまま、俺の寿命《タイムリミット》が来てしまったら。そしてその後、永遠に一人で生きることを、彼女が恐れているとしたら。

俺は考えて、導き出す。正解ではないが多分そう間違いでもないだろう答えを。

「その時は、一緒に死んでやる。俺がくたばる前に、倒してやるよ」

『魔女殺し』の聖剣。不死身でなくする方法だけは、初めからこの手にある。

「勿論《もちろん》、おまえが不死身でいたくないならだけど」と、付け足して。

問う。

「最悪の結末は、それじゃ駄目か？」

咲耶は、唖然《あぜん》と目を見開いた。

「……それ。あなたが死ぬまで隣にいていいって、こと？」

「いてくれないのか？　俺は、いてほしいよ」

だって楽しかったし。

それ以外に、現世《ここ》で望むことなどまだ思い付かない。

そう考えて、はたと我に返る。

——待て、俺今……すごいキモいこと言ったな？　散々好きだの愛してるだの言われたが、一緒に死のうは流石《さすが》に引くだろ。俺は今自分で引いた。軽々しく生死を語ってしまうのはよくない異世界ボケだ。俺はボケナスだ……。

「ふ、あはっ」

彼女が、笑い出す。

「ばかね。それじゃ、プロポーズみたいじゃない」

否定は、しなくてもいいかと思った。

「悪くないわ」

もしも本当に全部詰んだとして、最後の最後にこの笑顔が見られるなら――。なんて、考えるのは縁起《えんぎ》でもないな。当然、そうならないように足掻《あが》くだけだ。

「ま、そう心配するなって。俺たちは世界をどうこうできたんだ。今更、人生くらい余裕に決まってんだろ？」

「……赤点なんとかしてから格好付けなさい。バカ飛鳥」

軽口を叩き合う余裕を取り戻した、咲耶に。

俺は自信をかき集めて精々不敵に笑ってみせる。

「いつか『あの時のおまえは杞憂《きゆう》がすぎる』って、笑ってやるよ」

わざとらしく悪ぶって、彼女は応えた。

「その時は、『あの時のあんたはくさいこと言ってた』って辱《はずかし》めてあげるわ」

これはきっと冗談でも冷やかしでもない。まして祈りや願いでもないだろう。

ただ、この言葉は。いずれ摑《つか》むだろう未来を、完全な結末の輪郭《りんかく》を確かめる、決意で。

――それを果たせなかったことなど、一度たりともない。
だから。
〝いつか〟の意味は〝必ず〟だ。

空は黒くて。
月が綺麗《きれい》だった。

エピローグa

俺は窓から会いに行く。

first love
come in
the window.

翌朝。

俺は窓から、咲耶《さくや》の部屋に入る。

部屋の窓は開けっぱなしで、なんならカーテンすら半分開いていた。無用心なやつだな。

咲耶は居間のソファの上で、力尽きるようにして眠っていた。昨日帰った後十秒で眠りについたかのような体勢。

朝食はウチでとる約束なのに来ないな、と思ったらやはりだ。昨晩あれだけ暴れれば、こうなるのも仕方がない。

呼びかける。

「咲耶。起きろ」

「ん、ううん……？　あすか……？」

寝癖《ねぐせ》のつかないさらさらの髪の隙間《すきま》から覗《のぞ》く寝ぼけ眼《まなこ》。薄い寝巻きは肩からずり落ちていて、白い肌が半分ほど見えていた。

ぽう、とした顔で咲耶は俺を見て。

「……へぁあ!?」

跳ね起きる。朝が弱そうな割りには意外と早い覚醒《かくせい》だった。

咲耶はわたわたと髪を整え、居住まいを正す。

「な、なんで」

「電話も出ないしインターホン鳴らしても起きなかったから」

「だからって、窓から!?」

「昨日の反省だ。相互理解は大事だと考え直してな。おまえのやり方を俺も一度は試してみるべきだと思ったんだ」

「魔女じゃないのに窓から入るなんて、頭イカれてる……!」

「は？　何言ってんだおまえ。誰が好き好んでやるかよ。緊急時しかやらねえよ」

というか『魔女ならいい』って理屈も俺は認めていないから。

「緊急？」と咲耶が眉《まゆ》を顰《ひそ》める。

「え、何……何が、あったの」

俺は神妙に頷《うなず》く。

よく聞け。

「遅刻だ」

咲耶はおそるおそる、と時計を見た。

登校時刻まで、残り五分程。下宿先のここは学校近くとはいえ、歩けば遅刻は確定だ。

「……それだけ!?」

「それだけだけど。緊急事態以外のなんだって言うんだよ」

ただでさえ成績が壊滅しているのだ。余計な失点は欲しくない。仕方がないので多少の無法は許されるし、窓から入ることも容赦《ようしゃ》される。当たり前の話である。

「つかおまえソファで寝てんのな。部屋たくさんあるのに……」

「い、いや昨日は寝落ちしただけだし」

「ちゃんと寝ろよ～」

「あんたには言われたくないんですけど!?」

なお、寝坊について非難する気はない。俺もさっき起きたばかりだ。

正確にはいつも通りに目が覚めて、そのまま気絶《にどね》した。死因が筋肉痛になるところだった。

咲耶は遠慮《えんりょ》がちに見上げて言う。

「というか、その……大丈夫なの？」

視線の先には念の為に貼った俺の絆創膏《ばんそうこう》やら何やら。……ああ、昨日のダメージを心配しているのか。

「知ってるか咲耶。俺は、肋骨《ろっこつ》の一本くらいなら寝たら治る」

三本くらいからちょっと怪しいな。つまり筋肉痛以外問題なし。

「不死身??」

なんだその目は。引くな引くな。解せねえ……。

「うっ……めちゃくちゃ湿布臭《しっぷくさ》い」

「おまえのせいでな！」

「ごめん、でも近付かないで。や、にじり寄ってこないで」

遊んでいる場合ではなかった。支度《したく》のタイムリミットが迫る。

「四十秒！」

「ま、待って〜!!」


外で待つ。すぐに、驚異的な速度で準備を終えた咲耶が降りてくる。

自転車のカゴに自分の荷物を投げ入れ、咲耶に促す。

「ん。後ろ乗れよ」

「えっ、自転車で行く気？　学校、坂の上よ」

「気合入れればいける」

「わたし重いし無理じゃ……」

「つべこべ言うな。間に合わせるにはこれしかない」

「ふ、二人乗りは危ないわ」

「いや、おまえ落ちても死なないじゃん」

「そうだけどぉ！」

異世界《むこう》で竜に乗ってたやつが現世《こっち》じゃ自転車の二人乗りを渋るの、なんかウケるな。

咲耶は渋々と丁寧《ていねい》にスカートを折りたたみ、荷台へ横向きに腰掛ける。そして、鞄《かばん》を持っていない方の手を俺の背に回した。

日常じゃ鈍くさいとはいえ、異世界で騎乗慣れしている女が、今更自転車の荷台ごときでバランスを崩すわけがない。だから、咲耶が俺の背中にしがみつく必要なんてない。……なんなら近付くほどにおうと思うんだが。

無言で俺のシャツを掴んでいる、咲耶を背後に見る。

「……なによ」

「いや？」

別に。

「おまえ実は俺のこと、相当好きだよなって」

そう、しみじみと思っただけだ。

「ハア？」

咲耶は、呆《あき》れたようにそう言って。

「……知ってるくせに」

か細く、拗《す》ねるように返した。

「ああ、忘れない」

どことなく空気は妙になる。多分、もう昨日までの関係には戻れないのだと思った。たった一週間前には友達になることすら考えもしなかったのに。今はもう友達のその先を、考えずにいられない。自分の現金さが少し可笑《おか》しい。

それもいいか、と頷いてみる。それもまた、互いに望んだ結果ならば、きっと悪くはない。

背中。彼女との接触面積は少なく、けれど確かに、咲耶が後ろにいることを感じながら。

俺は揚々《ようよう》とペダルを踏み込んで——めちゃくちゃ足が痛くて悶《もだ》えた。

ペダル、重っ。

咲耶、重っ……。

「だから無理って言ったじゃない！」

「無理じゃねえし！　全っ然余裕だ！　超軽い!!」

「ぜったい嘘!!」

一番の急勾配《きゅうこうばい》をなんとか上り切った後。信号前で一時停止する。

中古の自転車で坂道二人乗りは純粋に腹が減ることに気付いた。

「くそ。朝飯、食う暇なかったのが痛いな……」

後ろで、ぼそりと咲耶が言う。

「一応……朝ごはん、あるけど」

振り返る。咲耶は抱えていた鞄を開けて。

ずるりと食パンを取り出した。袋ごと。

「またかよ‼　嘘だろ？　食パン一斤《きん》、鞄から出すやつがいるか⁉」

「いやっ、今回はバゲットじゃなくてよ⁉」

「だからだろ！　食パンって……っ」

だめだ、変なツボ入った。おかしいな。この魔法は一回見たはずなのに。

「ジャムもあるのに⁉」

「っ、やめろ出すな、笑かすな。バカだろおまえ。バカじゃん、はは」

咲耶はジャムより顔を赤くした。

「うるさい、黙れ、笑え、食べなさい！」

いや食べねえよ。自転車漕《こ》ぎながらは変だろ。それに。

「間違ってない？　……『笑うな』じゃなくて？」

ふ、と口元を緩《ゆる》めた。

「間違ってないわ」

そのまま、咲耶は器用に自転車の荷台で食パンを食べ始める。

いや信号待ちだからってジャムを塗るな。無駄に所作《しょさ》だけ優雅になるな。なんだこいつ。

しばらく眺める。

信号は、まだ赤だ。

「咲耶」

「ふぁい？」

『笑え』の意味を、考える。

笑ってほしい、と思うことの意味を知っている。

同じだったのだと思った。察しの良さだけが取り柄だった。

……わかりにくいな。だが。


「俺、おまえのそういうとこ、めちゃくちゃ好きだ」


咲耶は、けほっえほっと咽《む》せた。

食パン、喉《のど》に詰まったか。可哀想《かわいそう》に。

信号が青に変わったので、自転車を走らせる。顔も見ずに。

そのまま、ごつんと背中を小突かれた。

「わたし、あんたのそういうところ、ちょっと嫌いかもだわ!!」

咲耶はそう言って、怒って。

多分、笑った。

かつて現世で俺たちの物語は始まらず、
かつて異世界で俺たちの日常は終わった。
今ここにあるすべては遠く過ぎ去って、
変わっていったものばかり。
でも取り返しがつかないと諦めるにはまだ人生は長すぎる。
何より、青春はまだ終わっちゃいない。
だから。
これは、あの日終わったはずの初恋を、
失われたはずの日常を。
すべてを笑い飛ばして、全力で取り戻していく、

——俺たちの〝これから〟の話だ。

「エピローグb」

寧々坂芽々と運命の夜。

それは深夜の校舎に、結界が張られた時のことだった。

その夜、学校の敷地内に、侵入者はもう一人いた。

彼と彼女がいる屋上からは離れた、敷地の外れ。警備システムが未だ甘いままの旧棟。そこは結界の範囲に含まれておらず、彼らの感知の外側だ。

その、旧棟オカルト研究部の部室に。

少女、寧々坂芽々《ねねざかめめ》はいた。

オカ研の部室は、今はもう亡き天文部跡地。備品のほとんどを引き継いでいる。そのがらくたの陰でひっそりと、息を殺して――何かが起こるのを知って、それを待って。

寧々坂芽々は伊達眼鏡を外す。

レンズに邪魔されない翠瞳《すいがん》は、より鮮明に輝いた。

少女は思う。

かつて留学していたあの国ではこの緑を、〝妬《ねた》みを孕《はら》んだ怪物の眼〟と呼ぶのだったか。

（……まさかこの目に、本物を映す日がくるとは）

first love
come in
the window.

非日常《ファンタジー》の住人を。丹碧《たんぺき》の眼をした本物の怪物たちを。

いつかこんな日が来ることを、心のどこかで待ち望んで、期待なんてちっともしてなかったのに！

そして少女は部室の置き土産《みやげ》の双眼鏡で、結界に覆《おお》われた校舎を、不可視の異界と化した向こう側を覗《のぞ》き込む。

見えないはずのものを、見つめる。

「……やっと見つけました。私の流れ星」

寧々坂芽々は、くふ、とほくそ笑む。

「これから楽しくなりそうですね」

双眼鏡を外した瞳の中で、星がきらきらと妖しげに、瞬いた。

あとがき

はじめまして。さちはら一紗《いちさ》です。

私は、異世界が好きでした。子供の頃からずっと。

かつて異世界を題材にした物語がＷＥＢに溢《あふ》れていると知って、楽園はここにあった！　と夢中で読み漁《あさ》ったのが、私の青春でした。異世界召喚、転移、転生、現地主人公モノも、全部大好き。一生食べたい。

その中でも、自分にとっていっとう馴染《なじ》み深かったのは、異世界に転移して、冒険の後、元の世界に帰還する〝行きて帰りし物語〟というもので。

だから、ずっと考えていました。学生時代の退屈な授業中――たとえば、異世界から帰ってきたどこかの主人公も、こんなふうに日々を過ごしているのだろうか、と。

向こうで得た冒険の成果も友も置き去りにして、いくら覚えたって魔法ひとつ使えるようにならない授業を受けて、現実を生きていかなくちゃいけないのは、どれほど退屈だろう、と。

けど、大人になった今は、こう信じてもいます。

どんな退屈な日々も、隣に最強にかわいいヒロインがいれば、あとすっごく大きな愛が、あれば。なんかきっと多分全部、無敵だって。

この作品は、そういう、異世界帰還系青春ラブコメです。

本作の主人公である彼らの日々に退屈の二文字はありません。それをできるだけ書いていけたらと思いますし、この物語が誰かの、願わくばあなたの、良い退屈しのぎとなればさいわいです。

それでは、謝辞《しゃじ》に移らせていただきます。

イラストを担当してくださった北田藻《きただも》さん。以前から素敵なイラストを描かれる方だなと密かに憧れておりました。今回、快《こころよ》くお引き受けしてくださり、とても光栄です。かわいらしく美しく描いてくださったヒロインのイラストは、一生の宝物です。ありがとうございます。

また、本作にお声かけくださった編集K原さん。ありがとうございます。あの日は夢かと思いました。現実だぞ、と思い知らせてくるような熱量にいつも驚かされております。たくさんご迷惑をおかけしてしまっていますが、これからもどうぞよろしくお願いいたします。

そしてこの本を作り、届けるために、関わってくださったすべての方々、相談に乗ってくださった友人たちや先生方、ずっと応援してくれた家族友達、ＷＥＢの頃からさちはらにお付き合いくださった読者の皆様。本当に、ありがとうございます。

そして何より、この本を手にとってくださったあなたに、特大の感謝を。

それでは、皆様といずれまた、お会いできる日がくることを信じて。

さちはら一紗

この作品の感想をお寄せください。

あて先　〒101-8050　東京都千代田区一ツ橋2-5-10
集英社　ダッシュエックス文庫編集部　気付
さちはら一紗先生　北田 藻先生

ダッシュエックス文庫

彼女《あいつ》は窓からやってくる。
異世界の終わりは、初恋の続き。

さちはら一紗

2024年6月30日　第1刷発行

★定価はカバーに表示してあります

発行者　瓶子吉久
発行所　株式会社　集英社
〒101−8050　東京都千代田区一ツ橋2−5−10
03(3230)6229(編集)
03(3230)6393(販売／書店専用)　03(3230)6080(読者係)
印刷所　図書印刷株式会社
編集協力　梶原 亨

ISBN978-4-08-631558-6 C0193